마지막 찻잔 1

마지막 찻잔 1

발행일	2024년 1월 4일		
지은이	함정호		
펴낸이	손형국		
펴낸곳	(주)북랩		
편집인	선일영	편집	김은수, 배진용, 김다빈, 김부경
디자인	이현수, 김민하, 임진형, 안유경	제작	박기성, 구성우, 이창영, 배상진
마케팅	김회란, 박진관		
출판등록	2004. 12. 1(제2012-000051호)		
주소	서울특별시 금천구 가산디지털 1로 168, 우림라이온스밸리 B동 B113~114호, C동 B101호		
홈페이지	www.book.co.kr		
전화번호	(02)2026-5777	팩스	(02)3159-9637

ISBN 979-11-93716-18-2 03810 (종이책)   979-11-93716-19-9 05810 (전자책)

(주)북랩 성공출판의 파트너

북랩 홈페이지와 패밀리 사이트에서 다양한 출판 솔루션을 만나 보세요!

홈페이지 book.co.kr • **블로그** blog.naver.com/essaybook • **출판문의** book@book.co.kr

작가 연락처 문의 ▶ ask.book.co.kr

작가 연락처는 개인정보이므로 북랩에서 알려드릴 수 없습니다.

초등학교 교사가 마지막 찻잔에 담은 희망의 장편 소설

그 첫 번째 이야기

마지막 찻잔 1

함정호 소설집

북랩

삶과 죽음의 경계. 그곳에 내가 존재한다.

'내가 이곳에 앉아 누구를 기다리는 걸까?'

'나는 왜 이곳에 있고 존재하는 걸까?'

창문 밖으로 보이는 맑은 시냇물과

푸른 하늘을 벗 삼아 날아다니는 새들을 바라보며

깊은 생각에 잠긴다.

10평 정도 되는 방 안에서 차를 끓인다.

누군가의 마지막 이야기를 듣기 위하여….

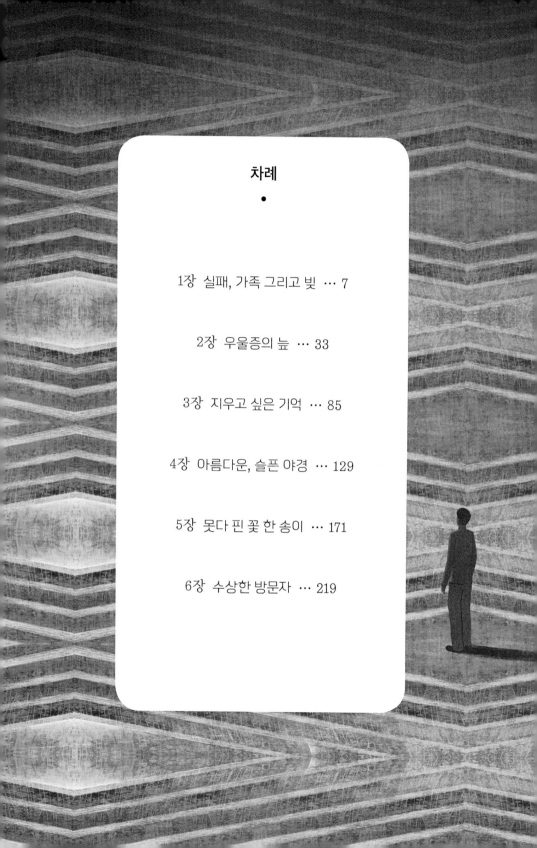

차례

•

1장

실패,
가족
그리고 빛

언제나 들어도 힘겨워 보이는 발소리가 서서히 들려온다. 세상에서 가장 예쁘고 귀한 찻잔을 준비하고 손님을 기다린다. 문이 열리고 무표정을 한 중년의 한 남자가 묻는다.

"여기는 어디인가요? 저승인가요?"

자신의 죽음을 당연하게 받아들이는 저 표정. 힘없는 눈동자. 처진 어깨. 삶의 의욕이라곤 전혀 찾아볼 수 없는…. 그렇다. 여기는 자신의 삶을 스스로 끊은 사람들이 지나가게 되는 마지막 여정이다. 차를 마신 후에, 나가는 저 투명한 문. 그 문의 끝은 나는 알고 있다. 어떠한 것도 존재하지 않는 하얀 백지라는 것을….

"안녕하세요! 여기 앉으세요!"

나의 말에 중년의 남자는 힘겹게 자리에 앉는다. 눈의 초점 없이 나를 바라보는 눈빛이 힘겨워 보인다. 중년의 남자가 춥지 않게 아궁이에 불을 지피고 준비한 차를 내놓았다.

"제가 직접 끓인, 세상에서 가장 귀한 차예요."

준비된 찻잎을 끓인 것이지만, 나는 이 한잔을 끓일 때마다 눈물을 흘린다. 마주하는 사람들의 마음과 동화되고, 그 슬픔과 아픔이 나에게 그대로 전해진다. 그래서 나는 이곳이 세상에서 가장 소중한 곳이자 지옥이라고 생각한다.

네모난 탁자에 서로 마주 보고 앉아, 김이 모락모락 올라오는 차를 앞에 두고 30분째 말이 없다. 나는 기다리고 또 기다린다. 그리고 한 중년의 남성은 힘겹게 입을 연다.

"저 죽은 건가요?"
"그렇다고 볼 수 있죠."
"그런데 왜 제가 살아 있죠?"
"저 투명 문을 지나시면, 아마도…"
"예…"

아궁이에 지펴 놓은 불이 방 안을 따스하게 만들어 주고 있었다. 그리고 중년의 남자는 힘겹게 찻잔을 들고 차를 천천히 마신다. 나는 중년의 남성에게 조심스럽게 말을 꺼냈다.

"많이 힘드셨죠? 얼마나 힘드셨을지 누가 이해할 수 있겠어요…?"

힘겹게 쳐다보는 메마른 눈동자가 축축해지는 것이 보인다. 마음이 아프다. '스스로 자신의 생을 마감하기까지 얼마나 외롭고 슬펐을까?' 중년 남자의 마음이 그대로 전해졌다. 중년 남자는 연거푸 뜨거운 차를 마셨다. 세상과 단절하고 싶은 마음이, 괴로움에서 벗어날 출구로 단정 짓고 있었다. 아니, 간절하게 단정 짓고 싶어 하였다.

"선생님, 선생님의 이야기를 들어 주기 위해 제가 존재하는 것 같아요."
"하고 싶은 이야기가 없어요."

한동안 나와 중년 남자 사이에는 뜨거운 차의 김이 모락모락 나는 것 외에는, 어떠한 것도 이 방 안에서 움직임이 없었다. 얼마 지나지 않아 중년의 남자는 엎드려 오열하기 시작했다. 눈물이 끊임없이 흘러내렸다. 사슬로 얽매어 왔던 자신의 행동에 대한 정당성이 조금씩 풀리기 시작하며 꺼내고 싶지 않았던 기억들이 중년 남자의 온몸을 슬프게 만들고 있었다. 한참을 운 후에 마음을 가라앉힌 중년 남성은 무거운 입을 조금씩 열기 시작했다.

"아, 내가 바보 같았어요! 손대지 말았어야 했는데…"
"선생님, 선생님의 이야기를 들어 봐도 괜찮을까요?"

나의 물음에 중년 남자는 고개를 힘없이 끄덕였다.

"그러면 차 한잔 마시며, 제 손바닥 위에 손을 올려 주세요."

중년 남자는 차 한잔을 마신 후, 살며시 내 손바닥 위에 오른손을 올렸다. 그리고 나는 두 손으로 중년 남자의 손을 잡고 두 눈을 감았다. 아무것도 보이지 않는 내 시야에 희미한 빛들이 서서히 모이기 시작하고, 그 빛들은 사장실에 앉아 전화를 받고 있는 중년 남자의 모습으로 변하였다. 중년 남자 의식의 흐름을 따라가고 있는 것이었다.

"사장님! 우리 회사가 올해의 중소기업 대상 후보에 올랐다고 연락 왔어요!"

밖에서 신나 하는 직원들의 모습이 보인다. 중년 남자는 직원들에게 손을 흔들며 미소를 보낸다. 그 미소는 지금까지 얼마나 치열하게 살아왔는지에 대한 중년 남자의 증표였다.
그리고 의식의 흐름 공간이 집으로 바뀌었다.

"아빠! 생일 선물 고마워요!"

"우리 남편, 가족들을 위해서 고생해 줘서 고마워요!"

따스한 분위기 속에서 행복한 미소들이 서로를 격려해 준다. 도대체 무엇이 이 중년 남자의 어깨를 무겁게 했을까? 너무나 궁금하다.

또다시 의식의 흐름 공간이 바뀌었다. 늦은 시간, 사무실에 혼자 앉아 컴퓨터를 뚫어지게 바라보며 동공이 떨리는 중년 남자. 컴퓨터에 보이는 긴 파란 막대기.

'-80%'

망연자실하게 앉아 허공을 바라보는 중년 남자. 30여 분 후에 어디론가 전화를 건다.

"다음 주에 채워 놓을 테니, 10억을 잠깐 쓰도록 하겠습니다."

"사장님! 다다음주에 하청 업체 대금 결재, 직원 월급날입니다."

"다음 주에 꼭 채워 놓도록 하겠습니다."

"사장님, 이건 엄연한 불법인데…. 꼭 채워 놓으셔야 해요! 안 되는데…."

"고마워요."

중년의 남자는 회사 회계 담당 직원으로부터 10억을 이체받는다. 그리고 모두 달러로 교환한 후에, 떨어진 자신의 주식을 더 사서 모은다.

"제발, 금리 인상 하지 말아 주세요! 제발!"

어두컴컴한 사무실에 앉아 두 손 모아 기도하는 중년 남자. 울리는 전화벨 소리.

"아빠! 언제 들어와요? 보고 싶어요!"
"곧 들어갈 거야. 우리 딸, 아빠도 보고 싶은데…. 공주님은 일찍자야지!"

전화를 끊자마자 심하게 떨리는 중년 남자의 눈동자. 그리고 발표하는 금리. 연방준비위원회의 금리 동결로 급상승하는 중년 남자의 주식. 중년 남자는 신나서 사무실을 방방 뛰어다닌다. 그리고 이를 바라보고 나도 신나서 함께 뛰어다닌다. 과거의 중년 남자는 나를 보지 못하기에 더욱더 나는 감정에 솔직해질 수 있었다.
그리고 어디론가 전화하는 중년 남자.

"네 말이 맞았어! 금리 동결이야!"
"내 말 맞지? 우리 신우 증권 분석가들이 틀릴 리가 없지!"
"아무튼, 친구야, 고맙다! 나 살았어!"

무겁게 내려앉았던 분위기가 미소로 방을 가득 채운다. 그리고 의식의 흐름 공간이 바뀐다. 피아노 앞에서 딸을 껴안으며 행복한 표정을 짓고 있는 중년 남자.

"제일 좋은 피아노니까, 우리 공주님, 즐겁게 치렴!"
"아빠! 고마워요! 내가 갖고 싶어 했던…."

중년 남자의 품에서 눈물을 훔치고 있는 딸. 이를 뒤에서 지켜보며 미소 짓는 중년 남자의 아내. 모든 것들이 너무나 따뜻하고 행복해 보인다.

의식의 흐름 공간이 바뀐다. 중년 남자의 사무실. 그리고 20여 명 되는 직원들에게 외치는 중년 남자.

"여러분들에게 격려금 100만 원씩 지급하도록 하겠습니다!"
"와! 사장님 최고! 대박!"

직원들의 환호 소리에, 이를 지켜보는 나의 마음도 울컥해진다. '도대체 이 중년 남자에게 무슨 일이 일어났던 걸까?'라는 의문이 들기 시작함과 함께, 의식의 흐름 공간이 바뀌었다. 같은 사무실 장소. 하지만 중년 남자 외에는 어떠한 사람들도 보이지 않는다. 밖에서 살며시 유리창을 쳐대는 빗소리만이 존재감을 드러냈다. 캄캄한 사무실 안에서 컴퓨터 모니터를 바라보며 혼잣말을 하는 중년 남자.

"이번 한 번만 더! 제발! 우리 딸, 아내한테 멋진 아빠가 된다! 제발!"

심하게 떨리는 눈동자가, 이를 바라보는 나의 마음을 아프게 한다. 나는 알고 있었다. 불행이 이미 시작되고 있음을….
갑작스럽게 소리 지르며 책상을 두 손으로 내려치는 중년 남자.

"안 돼! 왜! 금리를 2배나 올린 거야! 말도 안 돼!"

창백한 얼굴을 한 채, 살며시 창문을 적시는 물방울들을 아무 의미 없이 바라본다. 1시간 동안 움직이지 않고, 멍하니 밖을 쳐다본다. 중년 남자는 무언가를 결심했다는 표정을 지은 채 휴대폰을 집는다.

"음… 친구야! 신우증권, 그, 기밀 종목이 뭐라고 했었지?"
- "프러테리…. 내일 중대 발표 한다고 해! 연방정부와 대규모 계약 체결한다고 해!"
"장이 시작되는 밤 10시 30분 후에 하겠지?"
- "뉴스에서 발표하기 전에, 미리 사야 이득을 보겠지!"
"친구야! 고맙다! 다음에 술 살게!"

-"그래! 적당한 선에서 투자하겠지?"
"당연하지! 아무튼 고마워!"

급하게 전화를 끊는 중년 남자. 그리고 어디론가 재빨리 전화를 건다.

"사내 유보금, 최대한 이체시켜 주세요!"
"중국 공장 건설비 사용인가요? 오전에 말씀하셨던…."
"예! 맞습니다. 급한 건이니 밤에 전화하였습니다. 관련 절차는 추후에 진행하도록 하겠습니다."
"절차 생략은… 사장님…. 알겠습니다!"

30억을 입금받은 중년 남자. 달러로 교환한 후에 프러테리 주식을 매입한다. 중년 남자의 마우스 클릭. 검지 손가락으로 누른 그 무게를 중년 남자는 알고 있었을까? 중년 남자의 오른손 검지 손가락에는 모든 것이 걸려 있었다. 남편을 항상 지지해 주는 아내, 꿈을 그리며 열심히 학교생활을 하고 있는 예쁜 딸, 회사를 성장시키기 위해 누구보다 열심히 일하는 직원들…. 방금 누른 검지 손가락에 모든 것이 달려 있었다. 우리는 흔히 이것을 '투자'라 하지 않는다. 도박이다. 슬프다. 다음 장면들이 그려지기에 마음이 너무 아프다.

중년 남자 의식 흐름이 바뀐다. 어두컴컴한 사장실. 밖에서는 소나기가 사정없이 창문을 때린다. 중년 남자의 두 눈은 어둠 속에서 밝게 빛나는 모니터를 향해 있다. 모니터에는 '프러테리 종목 폭락'이라는 기사가 자리하고 있었다. 회계장부 조작에 따라 검찰 수사가 진행될 예정이며, 거래 중지가 된 것이다. 한마디로 주식은 휴지 조각이 된 것이다. 중년 남자는 무거운 몸을 질질 끌며 회사 옥상으로 향한다. 온몸을 사정없이 때리는 비를 마주하며 옥상 난간에 선다. 한 발자국만 움직이면, 중년 남자의 인생은 끝이었다. 그리고 나는 이 모습을 보며, 중년 남자의 마지막 장면이라는 것을 확신했다. 하지만… 하지만…. 의식의 흐름 공간이 바뀐다.

중년 남자의 집. 문이 열리자 미소를 지으며 달려와 안기는 아내.

"여보, 왜 옷이 젖었어요! 고생했어요."
"미안해요…. 정말 미안해요…. 미안해요, 못나서…."

중년 남자는 옷 속에서 날카로운 칼을 꺼내어, 아내의 배를 깊숙이 찌른다. 아내의 옷은 붉은 피로 물들고, 의식은 점점 흐려진다. 중년 남자의 눈에서는 계속해서 눈물이 흘러내린다. 그리고 칼에서는 붉은 선혈이 뚝뚝 떨어진다. 중년 남자는 힘없이 딸의 방문을 연다. 세상 행복한 표정을 지은 채, 꿈나라에 있는 딸을 보며 오열한다. 중년 남자는 두 눈을 감고 날카로운 칼을….

미소가 가득했던 행복한 집은, 중년 남자만이 숨 쉬고 있었다.

세상 가장 슬픈 표정을 한 중년 남자는, 15층 되어 보이는 자신의 집 창문 밖으로 몸을 던진다. 아무 이유 없이 흘러내리는 소나기 속으로 중년 남자의 모습이 희미해진다.

식탁에 앉아 두 손을 마주 잡고 있는 중년 남자와 나의 눈에서는 계속해서 눈물이 흘러내리고 있다. 5분여의 시간이 흐르고.

"많이 힘드셨겠어요."

나는 힘겹게 입을 열었다. 나의 역할은 마지막 한잔을 전하며, 이야기 나누는 것이 전부였다. 도덕적 잣대를 들어 비난하거나 훈계하는 것은 이곳에선 의미가 없었다. 나는 그런 존재였고, 앞으로도 그렇다.

중년 남자의 눈빛이 강하게 한곳을 응시하며, 자신의 사고 확장을 의도적으로 막고 있는 것처럼 보인다.

"선생님, 선생님의 성함을 여쭤봐도 될까요?"
"진우입니다…."

중년 남자는 힘겹게 입을 연다. 그리고 따스한 차를 천천히 마신다.

"진우 선생님의 과거를 보았어요. 많이 힘드셨죠?"

"그 모습들만 보고 어떻게 저를 알아요?"

중년 남자는 다소 격양된 반응을 보인다. 한곳을 응시하던 중년 남자의 눈빛이 변한다. 따스한 차를 마시며, 한곳을 의도적으로 바라보던 시야가 자신을 바라보기 시작했다. 그리고 나는 천천히 말을 이어 나갔다.

"진우 선생님, 저는 선생님의 잘잘못을 따지려고 이곳에 있는 것이 아니에요. 저도 제가 왜 여기 있는지 모르지만, 이것만은 확실히 알아요! 진우 선생님 같은 분들의 마음을 따스한 차와 같이…"

"예, 그 마음은 정말 고맙습니다. 하지만 너무 괴로워요. 지금도 너무 괴로워요! 내가 무슨 짓까지…"

"선생님의 괴로운 마음이 느껴지니 저 또한 힘드네요."

"저를 공감하고 이해한다고, 지금 달라질 게 있나요?"

"달라질 건 없죠. 하지만 제 일인걸요."

중년 남자와의 대화가 이어지다 끊겼다. 그리고 둘 사이에는 긴 침묵이 방 안을 가득 메웠다.

"정말 하고 싶은 말이 없습니다. 저를 이해하려고 노력해 주신 마음, 고맙습니다. 하지만…"

중년 남자의 동공이 심하게 떨리고 몸을 가누지 못한다. 이에 나는 안내를 해 주었다.

"알겠습니다. 저 투명한 문을 나가면 모든 것이 끝입니다."

중년 남자는 자리에서 일어나서 나에게 고개를 숙여 인사를 한다. 그리고 힘겹게 문이 있는 쪽으로 걸어간다. 손잡이를 잡고 한동안 움직이지 않는다. 마음이 너무 아프다. 이곳에서는 상대방의 마음이 나에게 그대로 전해진다. 소중한 능력이자 지옥이다.
중년 남자의 몸이 심하게 떨리며 눈물을 흘린다.

"선생님, 손에 힘이 안 들어가요."
"진우 선생님, 아직 차가 반쯤 남았네요. 앉으세요."

중년 남자는 다시 자리에 앉는다. 그리고 전과는 다르게 나를 응시한다. 중년 남자의 젖은 동공 속으로 내 모습이 비친다.

"내 인생이 왜 이렇게 꼬였을까요?"
"진우 선생님의 인생이 참… 많이 꼬인 것 같아요."
"저를 왜 비난하지 않으세요?"
"아까도 말을 했듯이, 저는 선생님의 마음을 이해하고 어루만져 주기 위해 존재해요. 아니, 그런 것 같아요."

따스한 차를 한 모금 마신 중년 남자의 심리 상태가 점점 안정되어 간다. 중년 남자는 자신의 이야기를 조심스럽게 꺼내기 시작한다.

"저 정말 열심히 살았어요. 찢어지게 가난한 환경 속에서 책도 하나 못 사서, 친구들 참고서 빌려 가며 공부했거든요. 그런데 책을 빌려준 학생들이 저보다 시험 성적이 더 안 나오는 거예요. 내가 머리가 좀 좋았나?"

"머리가 많이 좋았었나 봐요."

중년 남자가 엷은 미소를 보인다.

"제가 수능에서 서울 명문대 갈 성적이 나왔거든요. 그런데 홀어머니를 모셔야 하기에, 바로 생업에 뛰어들었어요. 이때, 나에게 꿈이 하나 있었어요. 뭔지 아세요?"

"음… 그게 뭐죠?"

"대기업 진우 모직…"

"와! 꿈이 크셨군요."

"예, 어린 나이에 섬유 공장에 들어가서, 온갖 욕설은 다 먹으면서 일을 배워 나갔어요. 그리고 20대 후반에 직원 2명과 저로 구성된 진우 모직을 만들었어요. 이때 너무 행복했었어요! 내 꿈의 시작점이었으니까…"

"20대 후반에 자신의 공장을 가지시다니, 능력이 대단하셨네요!"

중년 남자의 어깨가 조금 올라간 것이 느껴진다.

"그렇게 생긴 나의 진우 모직. 밤낮을 가리지 않고 패션, 섬유, 마케팅, 유행 등등 모든 것을 제가 담당해서 키워 나갔어요."
"대단하시네요! 그 많은 일들을 혼자 맡아 하시다니…."
"너무 힘들었죠. 코피도 매일매일 흘리고…. 그때마다 옆에 있어 준 사람이 있어요. 회사 초창기부터 함께해 온 나의 아내…."

중년 남자가 한동안 말을 하지 않는다. 눈물을 머금고 힘겹게 입을 연다.

"그렇게 진우 모직이 성장하여, 건실한 중소기업이 된 거죠. 우리 진우 모직 사람들은 단순한 직원이 아니에요. 누구보다 회사를 사랑하고 노력한 소중한 분들이에요."
"진우 선생님의 기억 속에서 본 그분들을 말하는 거군요."
"예, 맞습니다. 회사가 어려울 때, 3개월치 급여를 반납한 적도 있었어요. 회사가 먼저라고…."
"대단한 분들이네요."

중년 남자의 표정이 점점 밝아진다. 나는 문득 이 사람의 가장 행복했던 순간이 언제인지 궁금해진다.

"진우 선생님의 가장 행복했던 순간은 언제인가요?"

나의 물음에 중년 남자가 미소를 짓는다.

"당연히 우리 해림이 태어났을 때죠⋯. 웃는 모습이 얼마나 예뻤는지 아세요?"
"그렇게 사랑스러웠나요?"
"가장 소중한 순간이었죠."

중년 남자가 보인 표정 중에 가장 행복해 보인다. 그 행복한 표정 속에 다양한 의미 또한 보인다. 마음이 아프다.

"제가 그놈의 주식을 손대지 말았어야 했는데⋯."
"주식은 사람들이 많이 하지 않나요?"
"저는 도박을 한 것 같습니다."
"어떻게 도박을 했다는 거죠?"
"처음에는 여윳돈으로 했어요. 다음에는 집 대출, 사채⋯. 그리고 선생님이 과거에서 본 회사 공금⋯."
"아이고, 많은 곳에서 돈을 빌리셨군요."
"손해 본 것을 복구만 하자는 생각으로⋯ 계속해서 빌리고, 빌리고 하다가…"

"많이 힘드셨겠어요."

"어느 날은 깡패가 찾아와서 집 문을 야구 방망이로 여러 번 치고 갔었어요. 그래서 아직도 찌그러져 있어요."

"많이 무서우셨겠어요."

"아내와 딸이 많이 무서워했었어요. 내가 미친놈이지…"

중년 남자는 계속해서 말을 이어 나간다.

"사채가 정말 무섭더군요. 갚아도 갚아도 이자가 더 많이 늘어나요. 그래서 미국 주식으로 만회하려고 했었어요. 하지만… 회사 돈을 쓰면서 제정신이 아니었던 것 같아요. 아무 생각도 안 났어요! 마지막 30억을 미국 주식에 투자. 그리고 모두 휴지 조각이 되었을 땐, 아, 정말…!"

"그 투자에는 모든 것이 걸려 있었다는 거죠?"

"우리 가족의 미래, 진우 모직 사람들의 미래, 나의 모든 것이… 한순간에 모두 불타고…"

"아… 너무 막대한 도박을 하셨군요."

"제가 쓰레기입니다…"

중년 남자의 한숨 소리가 나의 뼛속까지 전해진다.

"한순간에 모든 것을 잃은 참담함을 견디기 힘들었을 것이란 생각이 들어요."

"예. 뭐에 홀린 듯이 앞이 보이지 않더라고요… 그리고 이 끔찍한 현실을 피할 수 있는 방법은 오로지…"

"너무나 괴로웠을 것이란 생각이 드네요."

서서히 식어 가고 있는 차. 이 중년 남자와의 만남도 그 끝이 얼마 남지 않았음을, 나타내고 있었다.

"선생님! 그런데… 그런데… 아! … 제가… 선생님, 그런데…"

중년 남자의 심리 상태가 매우 불안해져 가고 있다. 갑작스럽게 소나기가 내리고 밖은 어두워진다. 이는 상대방의 심리가 극도로 변화할 때 나타나는, 기이한 현상들 중에 하나였다. 정확한 박자로 창문을 때리는 빗물. 그리고 밖의 모습들을 점점 희미하게 만들어 갔다.

"선생님! 아, 저 어떡하죠? 제 손의 감각이 느껴져요!"

"마음을 조금만 가라앉히시고…"

"제가 지금 이렇게 말하고 있으면 안 될…"

"과거에 보았던… 가족…"

중년 남자는 자신의 머리를 탁자에 몇 번이고 박는다. 나는 말리지 않았다. 몸에 느껴지는 아픔은, 지금 마음속에서 일고 있는 끔찍한 기억에 비할 바가 아니었다. 중년 남자의 행동에 대하여, 나 또한 정말 화가 치밀어 오른다. 하지만 나는 참고 또 참아야 한다. 그러한 존재였다.

"선생님, 너무 고통스러워요. 아내하고 해림이가…."
"그럴 만한 사정이 있었겠죠…. 이해합니다."
"선생님, 아니… 저를 제발 지옥으로 보내 주세요."

중년 남자의 눈물이 쉴 새 없이 흘러내린다. 속은 갈기갈기 찢어져 고통스러워하지만, 벗어나려고 하지 않는다. 그 속에서의 벗어남은 또 다른 지옥이었다.

"편히 이 마지막 잔을 드시고…."

마지막이라는 말에 중년 남자의 몸이 심하게 떨리기 시작한다. 밖에서 쉴 새 없이 소나기가 내린다.

"선생님, 차라리 저를…!"
"알겠어요."

몇 마디에 중년 남자의 뜻이 무엇인지 느껴진다. 나는 고개를 끄덕이고 이야기를 이어 나갔다.

"가족들에게 왜 그런 짓을 하신 거죠?"
"아내와 해림이만 이 세상에 남겨 두기 무서웠어요."
"뭐가 무섭다는 건가요?"
"아내와 해림이는 제가 아니면 아무것도 할 수 없어요. 사채업자
독촉도 그렇고…."
"그거는 어디까지나 선생님 생각이 아닌가요?"
"무슨 뜻인지…?"
"가족분들도 엄연한 인격체인데, 왜 선생님이 판단하시는 거죠?"
"아내와 해림이는, 제가 없으면…."

중년 남자는 말을 잇지 못한다. 나는 이 중년 남자에게 자신의
행동에 대해 생각해 볼 수 있는 방향으로 대화를 이어 나갔다. 중
년 남자가 원하는 방향임을 나는 몸으로 느끼고 있었다.

"가족분들을 너무 사랑하고 아끼시는 것이 느껴져요. 하지만 가
족들의 인생을 선생님이 함부로 하시면 안 되죠. 그럴 자격도 없으
시고…."
"제가 떠나고 험한 세상에 남을 우리 해림이와 아내…. 무서웠
어요."
"예, 그렇게 생각할 수도 있다고 생각해요. 하지만, 그 인생은 그

분들의 것이에요. 왜 선생님이 가족들의 인생까지 소유하고 판단하는 거죠?"

"죄송합니다…"

"왜 저한테 죄송함을 표현하나요?"

"……."

다소 흥분된 억양으로 중년 남자에게 말했다. 차분함을 유지하고 자살한 사람의 마음을 어루만져 주는 것이, 나의 주된 임무이다. 하지만 나의 격양된 말투가 오히려 중년 남자의 고통에 도움이 되는 듯 보였다.

"저는 살인자인가요?"

"선생님은 이미 느끼고 있으실 텐데요…"

"그렇군요…. 저를 지옥으로 보내 주실 수 있나요?"

"저는 이 문밖의 세계가 어떻게 펼쳐질지 알지 못합니다. 다만, 하얀…"

중년 남자는 눈알이 빨갛게 충혈되어 나를 힘없이 바라본다. 그리고 조용히 묻는다.

"선생님, 만약에… 만약에…. 제가 다른 선택을 했었더라면 어떻게 되었을까요?"

"음… 그건 모르죠. 더욱더 고통 속에서 살아갈지, 아니면 희망의 불씨를 키워 나갈지…"

"방법이 없었어요! 회사 돈 횡령, 끔찍한 사채업자들, 회사 직원들에 대한 배신 등등…. 오히려 살아가는 것이 지옥이었을 거예요."

"그럴 수도 있죠. 인생은 선생님이 만들어 가는 것이니…"

"정말 희망이 없었을까요?"

중년 남자는 나에게서 답을 찾으려 한다.

"제가 생각하는 것이 정답이 아닐 수도 있어요."

"선생님이라면…?"

"횡령을 했으니 죗값을 받아야겠죠. 그리고 파산 신청을 하고 밑바닥부터 다시 시작해 보겠어요. 가족들을 위해…"

"아! 생각을 안 해 봤던 것은 아닌데…"

나는 살며시 미소를 지었다.

"아마도 선생님이 사장님이고, 촉망받았던 분이라 더더욱 이러한 판단이 힘드셨을 거예요. 이해합니다."

"아니요. 저는 폐휴지를 줍고 벽돌을 나르던. 가족들을 위해서…"

중년 남자의 눈물이 다시 탁자를 적신다.

"저는 편한 선택을 한 걸까요?"
"그것을 편하다고 표현하기에는… 좀 그런 것 같습니다."

찻잔 위로 피어나던 김이 옅어져 보이지 않는다. 대화의 시간이
끝나 감을 서로 느끼고 있었다. 중년 남자는 아쉬운 표정을 하며
찻잔을 든다.

"선생님, 이야기 들어 주셔서 감사합니다."
"제가 뭘 한 것이 있나요? 아닙니다."
"그런데… 선생님, 제가 극단적인 선택을 하기 전에… 차 한잔하
며 여유를 가져 봤으면 어땠을까요?"
"음… 그럼 아마도 선생님과 제가 만날 일은 없지 않았을까요?"
"그렇네요."

차를 마시고 찻잔을 조심스럽게 내려놓는 중년 남자. 그리고 자
리에서 일어나 나에게 허리를 최대한 꺾어 인사를 한다.

"저 투명한 문으로 나가시면 됩니다."

나는 최대한 예의를 갖추어 안내를 했다. 슬프고 아픈 감정들을

속으로 억누르며 애써 미소를 지었다. 이에 중년 남자도 눈물을 흘리며 옅은 미소를 짓는다.

"선생님, 투명한 문의 색깔이 바뀌었는데요."
"아마도… 삶에 대한 의미가 바뀌었으니…."
"그렇군요."
"잔혹한 문이에요…."

중년 남자가 문의 손잡이를 잡고 한동안 서서 움직이지 않는다. 그리고 나를 바라보며 말한다.

"선생님, 저에게 기회가 없을까요?"
"어떤 기회를 말씀하시는 거죠?"
"삶…."
"돌이킬 수 없는 한 발을 내딛는 순간, 절대로 돌아올 수 없음을…."
"예…."
"……."
"자살하기 전에 선생님과 만나 차 한잔을 했었으면… 아쉽네요."
"아쉽네요."
"그럼… 이만."

중년 남자는 옅은 보랏빛의 문을 열고 힘없이 걸어 나갔다. 혼자 남겨진 방 안에서 나는 중년 남자가 마시고 간 찻잔을 멍하니 바라보았다.

밖은 다시 밝아지며 정다운 새들이 노래를 불렀다. 심란한 나의 마음을 정화시키기 위해 만물이 나에게 맞춰 변화하고 있었다.

다음 사람과의 만남을 위해….

2장

/

우울증의 늪

벽에 붙은 시계의 바늘을 유심히 바라본다. 그 시곗바늘이 멈춰서는 순간, 누군가가 저 달갑지 않은 문을 두드리고 들어온다. 자신의 삶을 스스로 단정 짓고 세상과 작별하는 그 순간, 모든 것이 멈춘다. 다만 나를 찾아오는 손님과 나는 이 공간에서 세상과는 다른 시간이 존재하며, 그 속에서 우리는 이야기를 나눈다.

시곗바늘은 12시 45분에서 서서히 멈추려 한다. 나는 세상에서 가장 아름답고 소중한 찻잔을 꺼내고 물을 끓였다. 찻잎을 끓인 물에 올리고 찻잔 위에 컵을 올려놓았다. 누군가의 마지막 이야기를 듣기 위해….

시곗바늘이 멈추고, 멀리서 발소리가 들려온다. 밖에서는 세찬 비바람이 창문을 쉴 틈 없이 계속 때린다. 새들이 노래 부르던 푸른 자연에 점점 어둠이 내려앉는다. 비바람이 창문을 때리는 소리가 '내 얘기를 들어 줘!' 하고 외치는 것과 같이 안타깝게 다가온다. 그리고 세상에서 제일 슬픈 문이 조심스럽게 열린다. 그곳에서는 비를 흠뻑 맞아 옷이 몽땅 젖은 한 소년이 서 있다.

"여기는 어디인가요? 저는 분명….."
"어서 오세요! 많이 춥죠?"
"……."

소년은 힘없이 들어와 식탁 의자에 앉는다. 소년의 옷에서 빗물이 뚝뚝 떨어진다. 벌벌 떨며 몸은 힘들어 어쩔 줄 몰라 하지만, 소년의 동공은 초점이 없다. 나를 찾아오는 사람들이 그러하듯 이 소년도 어떠한 삶의 의지와 의미가 보이지 않는다.

"제가 아궁이에 불을 지필 동안 차 한잔 마셔요."
"……."

나는 평소보다 많은 나무 땔감을 아궁이 속에 넣었다. 금방 방은 온기가 느껴지며 따뜻해졌다. 소년의 옷에서 뚝뚝 떨어지던 빗물 소리가 잦아들었다. 이제 소년과 이야기 나눌 환경이 만들어졌다고 생각되었다.

식탁에 앉아 서로를 힘없이 바라보았다. 그렇게 10여 분이 흐른 후에 소년이 먼저 입을 열었다.

"제가 왜 살아 있는 건가요? 저는 분명….."

"예, 저 투명한 문이 보이시나요?"

"예…."

"그 문을 지나면…."

"그렇군요."

　소년의 표정 변화가 보이지 않는다. 살아 있다는 것 자체가 소년에겐 큰 고통이라 느껴진다. 무엇이 이 가련한 소년을 힘들게 했을까? 궁금해진다. 여기서 만난 많은 사람들은 나의 존재에 대해 의구심을 가졌었다. 하지만 이 소년은 어떠한 것에도 관심이 없어 보인다. 말 한마디 잘못했다가는 이 소년을 저 투명한 문으로 그냥 보내야 하는, 슬픈 상황이 전개될 것 같다. 더욱더 조심스럽게 소년의 마음으로 들어가야 한다. 하지만 너무나 어렵다.

"저는 자신의 생을 스스로 끊은 사람들과 마지막으로 이야기 나누는 존재입니다."

"네…."

"일단, 따뜻한 차를 마시며 이야기 나눠요. 편하게."

"……."

"따뜻해지셨어요?"

"예에…."

　힘들게 찻잔을 들어 차를 마시는 소년의 모습을 보고 있자니 마음이 아파 온다.

"몇 살인지 물어봐도 되나요?"
"13살이요…."
"그렇군요. 많이 힘드셨죠?"
"잘 모르겠어요…."

아무 말도 하지 않을 것 같았던 소년이 힘들게 입을 열고 내 물음에 답해 준다. 아직 어려서일까? 아저씨처럼 보이는 내 모습 때문일까? 아무튼, 너무나 고맙다.

"고마워요…."
"뭐가요…?"
"대답해 줘서요!"
"예…?"

희미한 소년의 미소가 보인다. 소년의 미소를 보니, 내 마음 한편에 있던 무언가가 뜨겁게 끓어오른다. 이유가 뭘까? 왜 어린이들만 보면 이렇게 감정이 급격하게 변화하는 걸까? 어린이들과 내가 관련이 있는 건 아닐까? 도무지 이유를 모르겠다.

"아직 학생이네요?"

"네⋯."

"학교 가기 귀찮지 않았나요? 나는 매일 지각했었거든요."

"예? 가기 싫지는⋯."

"저는 매일 지각해서 선생님한테 맞았던 것 같아요."

"저는 많이 맞지는 않았어요⋯."

"훌륭한 학생이네요! 하하."

"⋯⋯."

또다시 소년이 미소를 짓는다. 따스한 차를 마셔 보라고 소년에게 손짓을 했다. 소년은 천천히 차를 마셔 본다. 빗물로 젖었던 소년의 옷올 아궁이의 따스한 불이, 콘크리트처럼 굳어 있던 소년의 마음은 따스한 차 한잔이 녹여 주고 있었다. 그리고 소년은 이린 학생이었다. 복잡하게 얽히고 얽힌 실타래들을 단단하게 조여 맨 어른들의 마음보다는, 어쩌면 단순하고 얇았다. 하지만 그리기에 더욱더 조심스럽게 다가가야 했다.

"학생의 이름이 뭔지 물어봐도 될까요?"

"지성이에요⋯."

"좋은 이름이네요. 지성이는 무엇 때문에 힘들었나요?"

"모르겠어요⋯."

"음⋯ 그렇군요."

김이 모락모락 나는 찻잔 위로 우리는 서로를 의미 없이 바라보고 있었다. 나는 소년이 왜 극단적인 선택을 했는지, 그 원인이 너무나 궁금했다. 내가 소년의 손을 잡고 눈을 감는다고 소년의 과거를 볼 수 있는 것은 아니었다. 소년의 마음과 나의 마음이 일치하는 그 지점에서 능력은 발휘가 되었다.

"이 아저씨가, 아니, 이 선생님은 지성이가 많이 힘들었다는 것이 느껴져요."
"음… 저는 잘 모르겠어요."
"힘든 나날들에 너무 익숙해져 버려서, 힘든 것을 잘 못 느끼는 것은 아닌가 하는 생각이 들어요."
"그럴 수도 있을 것 같아요."
"선생님은 지성이를 돕고 싶다는 생각이 강하게 들어요."
"어차피, 저는 저 문을 나서면 끝 아닌가요?"
"……."

그렇다. 내가 지금 이 아이의 이야기를 듣는다고 달라지는 것은 없었다. 오히려 과거 이야기를 들춰 더 마음 아프게 만들 수도 있었다. 어찌해야 할지 잘 모르겠다. 오히려 내 마음이 편하고자 더욱더 사람들의 마음을 들쑤시는 건 아닐까? 나는 돕는 존재가 아니라, 지옥 속에서 살았던 사람들을 그곳으로 더 밀어 넣는 것은 아닐까?

무섭다. 나의 의무라 생각했던 일에 대한 정당성에 의구심이 든다. 이들에게도 자신의 길을 선택할 의무이자 자유가 있었다.

"지성 학생, 미안해요. 괜히 아픈 기억들을 한 번 더 꺼내게 할 뻔했어요."
"아니에요…."
"저 투명한 문을 나서면 지성 학생의 모든 의미와 존재들이 사라질 거예요."
"……."

갑작스럽게 마음이 변한 나의 태도에 살짝 당황한 모습이 보인다. 지성 학생은 찻잔을 들고 차를 한 모금 마신 뒤에, 힘없이 일어나 나에게 고개를 살짝 숙인다. 그리고 투명한 문 쪽으로 걷는다. 살며시 젖은 옷을 입은 채 떠나는 지성 학생의 뒷모습을 보고 있자니 마음이 찢어진다. 아니다. 이렇게 보내서는 안 된다.

"지성 학생, 옷이 덜 말랐어요! 말리고 가도 안 늦어요!"
"……."

문고리를 잡고 있던 지성 학생이 돌아선다. 그런데 지성 학생의 눈이 눈물로 가득하다. 표정은 변화가 없지만, 지성 학생은 계속해서 눈물을 흘리고 있었다. 제자리로 돌아와 앉은 지성 학생은 눈물을 가득 먹은 눈으로 힘없이 나를 쳐다보고 있었다. 이에 가슴이 찢어지지만, 나는 애써 미소를 지으며 지성 학생의 마음이 안정되도록 노력을 했다. 무표정으로 눈물을 계속 흘리고 있는 지성 학생. 자신의 감정을 온전히 느끼지 못하고 있었다.

"지성 학생, 차가 아직 남았어요. 하하."
"······."

나는 어색한 웃음을 지으며 의미 없는 말들을 이어 나갔다. 그리고 조심스럽게 지성 학생에게 물었다.

"저에게 마음의 문을 열어 주면 안 될까요?"
"예…?"

지성 학생의 눈물이 그칠 때쯤, 무거운 입을, 아니, 굳게 닫혔던 문을 열기 시작한다. 그 문틈 사이로 보이는 지성 학생의 마음은 보기 어려울 정도로 희미하다. 하지만 그 틈 사이로, 나는 지성 학생의 마음을 읽어야 했다.

"얼마나 삶이 힘들었을지, 지성 학생의 마음이 느껴져요."
"예…"

나는 또 한 번 조심스럽게 물었다.

"저에게 지성 학생의 마음을 보여 줄 수 있나요?"

모락모락 피어오르는 차 위로 지성 학생의 눈물이 보인다. 그리고 힘없이 고개를 끄덕인다. 나는 지성 학생에게 두 손을 내밀었다. 지성 학생은 오른손을 나의 두 손 사이로 올려놓았다. 지성 학생의 차가운 손에서 느껴지는 아픔을 느낄 때쯤에, 두 눈을 감았다. 아무것도 보이지 않는 암흑 속에서 얇은 빛들이 모여 지성 학생의 과거를 보여 주기 시작했다.

5학년 4반 교실. 귀여운 학생들이 선생님의 율동에 맞춰 춤추고 있다. 너무나 귀엽다. 30명의 학생 중, 맨 앞에서 선생님을 열심히 따라 춤추는 지성 학생이 보인다. 해맑게 웃고 있다. 4반 선생님은 50살 정도 되어 보인다. 4반 선생님은 노래를 끄고 검지를 자신의 입술에 댄다.

"모두 조용히 해 주세요!"
"예!"
"지성아! 앞으로 나와 주세요!"

4반 선생님의 무서운 표정에 모두 굳게 입을 다문다. 겁먹은 지성 학생은 고개를 숙이며 천천히 걸어 나온다.

"모두 지성이에게 박수!"

"짝! 짝! 짝!"

"열심히 수업에 참여하는 모습이 너무 예뻐 보여요!"

무서웠던 4반 선생님이 미소를 짓는다. 이에 긴장했던 4반 친구들이 지성 학생을 향해 환호를 한다. 지성 학생은 오른손을 들어 만끽한다. 너무나 행복해 보인다. 지성 학생은 인기가 많은 것처럼 보인다. 도대체 무슨 일이 이 학생을 아프게 만든 걸까?

머리가 아프다.

의식의 흐름 공간이 바뀐다. 5학년 4반 교실. 시계는 9시 5분을 가리키고 있다. 그런데 지성 학생이 보이지 않는다. 선생님과 학생들은 조용히 책상에 앉아 독서를 하고 있다. 뒷문이 서서히 열린다. 지성 학생이 기어서 교실로 들어온다. 선생님의 눈은 조금씩 열리는 뒷문을 향해 있지만, 모른 척하신다. 4반 선생님은 미소를 짓는다. 반 친구들도 지성 학생을 보며 모른 척한다. 무사히 자기 자리에 앉는 지성 학생. 4반 선생님이 입을 연다.

"지성아, 당당하게 들어와도 돼요! 하하."

4반 선생님의 말에 반 친구들이 교실이 떠날 정도로 웃는다. 지성 학생은 자신의 머리를 긁적인다. 자신 때문에 만들어진 교실의 훈훈한 분위기를 느끼며 자존감이 한층 올라간 것처럼 보인다.

오랜만에 보는 교실 풍경이 나에게 왠지 익숙하게 느껴진다. 이들을 바라보는 나의 마음이 너무나 행복하다.

나란 존재는 무엇일까? 무엇을 하던 사람이었을까? 어느 순간 내가 누구인지 잊게 되었다. 수많은 사람들의 감정에 동화되고, 이야기를 나누면서 나의 자아가 사라졌다.

혼자 망상에 빠져 허우적대고 있을 때에, 갑자기 의식의 흐름 공간이 바뀌었다.

6학년 2반으로 많은 학생들이 들어온다. 그중에 지성 학생이 눈에 들어온다. 5학년 때와 마찬가지로 얼굴에 웃음이 가득하다. 6학년 2반 선생님은 40대 후반처럼 보이는 남선생님이다. 학생들에게 큰 관심이 없어 보이며, 반 학생들을 무섭게 대한다.

"일기 안 써 온 사람, 앞으로 나와!"

5명의 학생이 앞으로 나간다. 그중에 지성 학생도 포함되었다.

"숙제를 안 해? 한 명씩 나와서 고개 들어!"
"예…"

학생들이 겁을 먹고 힘없이 대답한다. 5명의 학생은 선생님의 굵은 손에 뺨이 빨갛게 달아오른다. 특히 지성 학생은 큰 충격을 받은 것처럼 보인다. 5학년 때는 선생님을 바라보며 웃음이 가득했던 지성 학생의 모습이, 6학년 때는 슬퍼 보인다.

그리고 의식의 흐름 공간이 바뀐다.

강원도 원주에 있는 한 수련원. 지성 학생은 친구들과 즐겁게 놀고 있다. 밧줄을 인디언처럼 타며 물웅덩이를 건너는 놀이를 한다. 지성 학생을 포함한 5명의 학생들이 차례대로 밧줄을 잡고 물웅덩이를 용기 있게 건너려 한다. 4명의 학생들이 무사히 물웅덩이를 건넌다. 마지막 순서인 지성 학생. 이를 지켜보는 내가 떨린다. 많은 사람들의 과거를 여행하면서 비극의 시작 지점을 어느 정도 파악할 수 있게 되었다. 나는 지금 이 순간이 그 지점이라 느껴졌다.

"나 무서워! 못 할 것 같아!"

밧줄을 잡고 있는 지성 학생의 손이 떨리기 시작한다.

"겁쟁이냐? 우리도 다 했잖아! 너도 해야지!"

친구들이 지성 학생에게 소리를 지른다. 해가 산등성이에 걸쳐 있다가, 그 모습이 점점 사라진다. 어둠이 내려앉는다.

"나 옷이 없어! 빠지면 갈아입을 옷이 없다고!"
"어쩌라고! 우리도 다 했잖아!"

다수의 공격에 지성 학생이 백기를 든다. 그리고 두 눈을 감고 지성 학생은 발을 힘차게 내딛는다. 반대편에 발을 살며시 걸치기만 할 뿐, 착지를 하지 못한다. 이를 보고 친구들이 비웃기 시작한다. 물웅덩이 중간에 매달려 빠지지 않기 위해서 발버둥 친다. 슬프다. 나에게로 오는 사람들이 누구나 살기 위해 저렇게 발버둥 치는 순간들이 있지 않았을까? 지성 학생의 모습을 보며 많은 생각들이 지나간다. 슬프다.

줄을 잡고 있던 지성이의 팔이 떨려 온다.

"애들아, 뭐 하는 거야! 너희들이 도와줄 수 있잖아! 왜 보고만 있어?"

아무리 내가 큰 소리를 내어도, 그 소리는 친구들 귀에 닿지 않는다. 얼마 지나지 않아 지성 학생은 잡고 있던 줄을 놓는다. 그리고 차가운 웅덩이 속에 몸을 맡긴다.

'왜 살려고 발버둥 치는 친구를 보고만 있는 걸까? 힘이 빠질 때까지 도와 달라고 계속해서 신호를 보내고 있는데…. 한 명이라도 손을 내밀었으면 저렇게 차가운 물속으로 빠지지 않았을 거 아니야!' 상황을 지켜보며 나는 매우 흥분했다. 이 학생들에게만 해당되는 것은 아니었다. 나를 찾아왔던 사람들의 상황들과 교차되어 마음이 더욱 아파 왔다.

"얘들아! 선생님이 저녁 먹으러 식당에 오라고 하셔!"

멀리서 한 친구가 소리를 지른다. 이에 4명의 친구들은 지성 학생을 버려 두고 식당으로 달린다. 물웅덩이에서 나온 지성 학생은 눈물을 흘린다. 달빛만이 비추는 야산 아래에 찬 바람이 불어온다. 지성 학생은 몸을 벌벌 떨며 천천히 식당 쪽으로 걸어간다. 뚝 뚝 떨어지는 물방울들이, 처음 봤을 때 지성 학생의 모습을 떠올리게 한다. 여벌의 옷이 없어 갈아입지 못하고 밖에서 찬 바람에 옷이 자연스럽게 마르기를 기다리고 있다.

지성 학생의 마음이 느껴진다. 살갗을 베는 추위보다 더 아프게 다가온 것은, 친구들에 대한 믿음이 깨졌다는 것이다. 더욱이 5학년 때에 친구들에 대한 인기가 많았던 기억들이 지금 더 아프게 다가오는 것처럼 보인다. 배고픔까지 참으면서 지성 학생은 쭈그리고 앉아 있다. 쉽게 찾지 못하는 곳에서 앉아 있지만, 어느 누구 찾으려고도 하지 않는다. 지성 학생의 눈가에 눈물이 마르지 않는다.

"곧 캠프파이어 시작합니다. 선생님들께서는 학생들을 운동장으로 인솔해 주세요."

방송 소리가 들려온다. 캠프파이어면 지성 학생의 옷을 따뜻하게 말려 줄 수도 있기에, 타이밍이 좋다는 생각이 강하게 들었다. 지성 학생도 눈물을 닦고 캠프파이어가 시작되는 운동장 쪽으로 천천히 걸어갔다. 지성 학생은 어둠 속에 자신의 감정을 숨기고 캠프파이어 활동에 참여했다. 수련원 조교가 학생들에게 작은 촛불하나씩을 나눠 준다. 그리고 조교들은 학생들의 감정을 자극하기 시작한다.

"여러분들은 지금 집을 떠나 먼 곳으로 왔습니다! 부모님들이 여러분들을 평소에 얼마나 사랑하는지 여러분들은 아시나요?"

몇몇 친구가 눈물을 보인다. 한 친구가 대표로 나와서 부모님에 대한 감사함을 떨리는 목소리와 눈물로 표현한다. 이에 6학년 학생 대부분이 눈물을 흘린다. 나는 지성 학생의 눈을 바라보며, 흘리는 눈물의 의미가 무엇인지 궁금해진다.
'부모님에 대한 그리움일까? 아니면 친구들에 대한 배신감 때문일까?' 여러 복잡한 생각이 든다. 캠프파이어가 끝나고, 학생들은 각자 정해진 방으로 향한다. 그 방들은 바람이 조금씩 스며들어오는 산속의 매운 추운 곳이었다. 형광등이 꺼지고 학생들은 잠자리에 들었다. 단, 지성 학생은 추위를 심하게 느끼는지 몸을 계속해서 떨고 있었다. 친구들은 두꺼운 옷으로 중무장을 하고 추위를 쉽게 극복하였지만, 지성 학생은 그렇지 못하였다. 지성 학생의 눈물이 멈추질 않는다. 부모님이라도 이 모습을 보았더라면, 따뜻한 물에 목욕시키고 따스한 차를 건네어 지성 학생이 안정을 찾도록 하였을 것이다. 지금 이 순간이 너무나 안타깝게 다가온다.

담임 선생님은 왜 자기 전에 아이들의 상태를 확인하지 않는 걸까? 조금만 관심을 갖고 아이의 상태를 파악했더라면…. 아쉽고 마음이 아프다.

의식의 흐름 공간이 바뀐다. 화창한 봄날. 구름 한 점 없는 맑은 날씨. 운동장에 많은 친구들이 즐겁게 축구를 하고 있다. 나는 지성 학생을 찾기 위해 노력하지만 보이지 않는다. 운동장이 아니라 벤치에 앉아 고개를 숙이고 있어서 눈에 쉽게 띄지 않았던 것이다. 운동장 모래 위로 맑은 눈물이 뚝뚝 떨어진다. 지나가던 친구들이 걱정되어 다독여 주지만 큰 힘은 되지 못한다. 지성 학생은 교실에 들어가서도 눈물을 흘린다. 그리고 재빨리 눈물을 닦아 내며, 자신의 감정을 최대한 숨기려 노력한다.

"지성아, 운동을 안 해서 기운이 없는 거야! 운동을 해야 기운이 나지!"

담임 선생님이 지성 학생을 보며 위로의 말을 건넨다. 전혀 도움이 되지 않는 말이다. 쉬는 시간. 지성 학생의 눈에서 눈물이 흐르기 시작한다. 주위에 있던 여학생들이 휴지를 지성 학생에게 가져다준다. 그리고 지성 학생의 눈물을 보던 여학생들이 함께 울기 시작한다. 감정의 전이. 기쁜 마음, 슬픈 마음, 아쉬운 마음 등은 주위 사람들과 나눌 수 있다. 기쁨은 배가 되고 슬픈 마음은 반으로 줄일 수 있는, 신이 내린 인간의 능력 중 하나의 선물이다. 하지만 감정적으로 미성숙한 단계에 친구들이 감정을 공유하면 즐거움은 즐거움이 되고, 슬픔은 슬픔이 된다. 지금 보이는 지성 학생들의 모습에서 찾을 수 있다. 지성 학생의 슬픈 마음이, 그대로 여학생들에게 전이된 것처럼 보인다. 하지만 여학생들의 감정은 시간이 지날수록 본래대로 돌아가는 것이 보이지만, 지성 학생은 계속해서 우울하다. 즉, 지성 학생은 우울증의 늪에 빠진 것이다.

  의식의 흐름 공간이 바뀐다.

  부엌에서 저녁을 준비하는 지성 학생의 어머니. 침대에 누워 울고 있는 지성 학생을 바라보며 말한다.

"지성아, 밥은 먹어야지."
"……."
"밥을 먹어야 기운이 나! 힘내자, 응?"
"……."

지성 학생의 어머니는 반복해서 이야기하지만, 지성 학생은 꿈쩍도 하지 않는다. 베개는 지성 학생의 눈물로 젖어 축축해 보인다.

"엄마도 힘들다고! 도대체 왜 그러는 거야?"
"……."
"말이라도 해야지! 엄마도 일 갔다가 오면 많이 힘들단 말이야!"
"……."

지성 학생의 어머니가 자신의 감정을 솔직하게 이야기한다.

"지성아, 엄마가 소리 질러서 미안해. 힘내자! 우리 지성이, 파이팅!"

눈물을 흘리며 말하는 지성이의 어머니가 안쓰러워 보인다. 마음이 아프다.

왜 지성이의 눈물이 멈추지 않는 걸까? 충격적인 상황이 지성이의 감정 조절 능력을 상실시켜 버린 듯하다. 우울증. 당사자에게 너무나 가혹하다. 특히나 어린 지성 학생에게는 더욱더 아프고 가혹했다. 너무나 힘들어 보인다.

'죽는 게 더 편하지 않을까?'라는 생각이 들기까지 했다. 목숨을 스스로 끊은 자들이 지나가는, 마지막 여정인 그곳에서 나는 많은 사람들과 이야기를 나눴다. 우울증을 겪었던 사람들은 시간이 흐름에 따라 차츰차츰 본래의 감정 상태로 돌아갔다.

하지만 나는 분명히 느끼고 있었다.

우울증에 빠져 슬픈 감정 속에서 오랜 시간 동안 살아가는 것이 얼마나 고통스럽고 죽고 싶어지는지….

우울증의 늪. 조용히 빠져드는 늪에서 우리는 따스한 손을 내밀어야 한다. 그 손을 잡을지 안 잡을지는 장담하지 못한다. 우울증 늪의 빠진 사람들이 꼭 손을 잡았으면 하는 소망을 가져 본다.

의식의 흐름 공간이 바뀐다. 석양이 질 무렵, 지성 학생은 힘없이 옥상으로 올라간다. 그리고 계속해서 눈물을 흘린다. 눈물에 닿는 시뻘건 석양이 상황과 대조적으로 아름다워 보인다. 시원하게 불어오는 바람. 지성 학생은 옥상 난간에 올라 눈을 감는다. 불어오는 바람에 몸을 맡겨, 지옥 속에서 벗어나고 싶은 욕구가 강하게 들 것 같다.

"지성 학생, 위험하잖아! 빨리 내려와!"

나의 외침은 의미가 없었다. 지성 학생의 귀에 닿지 않는 메아리였다. 다행히 지성 학생이 난간에서 내려와 앉아서 휴대폰 사진을 들여다본다.

지성 학생의 어머니 사진. 카카오톡 메시지로 도착한 '우리 아들! 오늘도 파이팅! 사랑해'를 반복해서 보고 있다. 지성 학생은 엎드려 오열하기 시작한다. 지성 학생에게서 전해 오는 슬픔이 나에게 그대로 전해진다. 너무나 고통스럽다. 지옥 속에서 허우적거리는 지성 학생에게 어머니가 손을 내밀고 있었다. 1시간을 엎드려 울던 지성 학생은 옥상에서 내려온다.

그리고 다시 옥상으로 올라간다. 30분 후에 다시 옥상에서 내려온다. 다시 올라간다. 그리고… 그리고…. 옥상 난간에 올라, 불어오는 찬 바람에 몸을 맡긴다.

지성 학생이 남기고 간 휴대폰에 발신 메시지 하나가 보인다.

'엄마 미안해 그리고 사랑해'

의식의 흐름 공간은 식탁에 앉아 서로를 바라보며 울고 있는 지성 학생과 나의 모습으로 변한다. 어린 학생이 얼마나 심적으로 힘들었을까? 눈물이 멈추지 않았다. 왜 그런 극단적인 선택을 했냐고 다그치기에는 함께 느꼈던 그 마음들의 무게가 너무나 무거웠다. 심적으로 감당할 수 있는 지성 학생의 무게는 한정되어 있었다.

'주변에서 지성 학생의 아픔을 함께 들어 주었다면, 지성 학생도 서서히 힘을 내어 이겨 낼 수 있지 않았을까?'

아쉬운 마음이 들었다.

"저 왜 이렇게 눈물이 멈추지 않는 걸까요?"

눈물을 가득 먹은 두 눈으로 나에게 묻는다.

"음… 슬픈 기분이 계속해서 드는 것 같아요."

상대방의 감정을 그대로 느낄 수 있기에, 눈물의 이유를 어느 정도 이해할 수 있었다.

"지성 학생, 혹시 병원에는 갈 생각을 안 해 봤나요?
"기분만 우울한데요…"
"마음의 병을 알고 있나요?"
"누구나 갖고 있는 거 아닌가요?"
"그렇군요. 마음의 병도 굉장히 아프고, 도움을 받아야 해요."
"……"

곧 떠나게 될 지성 학생에게 큰 의미가 없었지만, 알려 주고 싶은 마음이 강하게 들었다.

"지성 학생."
"예?"
"제 왼팔을 잘 보도록 하세요."

나는 자리에서 일어나 선반에 있는 칼을 갖고 왔다. 그리고 칼을 왼팔에 대고 살며시 그었다. 빨간 선혈이 뚝뚝 떨어졌다. 지성 학생은 이 모습을 보고 매우 놀란다.

"괜찮으세요?!"
"아프네요."
"빨리 소독하고 약을 발라야…."

나는 지성 학생에게 미소를 지어 보였다.

"이 상처가 아파 보이나요?"
"예…. 빨리 치료해야…."
"지성 학생에게 생긴 마음의 상처는 이것보다 몇 배는 아프고 깊숙하게 생겼는데요."
"……."

나는 서랍에서 밴드와 연고를 꺼내어 치료를 하였다. 지성 학생에게 마음의 상처가 어느 정도로 깊고 아픈지, 눈으로 보여 주고 싶었다. 그 대가는 나에게 상처로 남았지만, 충분히 가치 있는 일이었다. 대화를 통해 지성 학생에게 생긴 마음의 상처에 연고를 발라 주고 싶다는 생각이 강하게 들었다. 저 투명한 문을 나서면 지성 학생의 존재와 의미가 사라지지만, 반드시 내가 해야 할 일이었다. 그게 나의 존재 이유였다.

"지성 학생, 차가 참 따뜻하죠?"
"예…."

지성 학생은 차를 한 모금 마시며 힘없이 대답하였다.

"사람들이 사는 이유가 뭐죠? 어차피 죽을 텐데."

지성 학생이 조금씩 마음의 문을 열려고 한다. 나는 이때를 놓치지 않고 그 문의 틈을 좀 더 열기 위해 집중했다.

"사람들은 왜 사는 걸까요? 나도 궁금한데요."
"사는 것 자체가 괴로운데, 일찍 죽는다고 달라질 게 있나요?"
"그렇네요. 오히려 일찍 죽는 게 나을 수도 있겠네요."
"……."

"지성 학생의 과거를 함께하면서 지성 학생이 느꼈던 감정들을, 똑같이 느꼈어요."
"그게 가능해요?"
"예. 신이 내린 축복이자 저주죠."
"……."

"그래서 지성 학생의 힘들고 답답했던 마음을, 누구보다 잘 이해하고 느껴요."

"이유 없이 계속 눈물 나는 게 힘들었어요."

"그렇겠죠. 눈물 흘리는 감정이 얼마나 슬픈데, 그 감정을 1년 가까이 느끼고 있었으니…. 지옥이나 다름없을 것 같아요."

"그런데… 왜 저를 혼내지 않으세요?"

"제가 왜 혼내야 하죠?"

"옥상에서 뛰어내렸는데…"

"지성 학생이 얼마나 힘들었는지 잘 알고 있는걸요…. 그리고 그 지옥에서 벗어나기 위해 스스로 결정한 것이 아닌가요?"

"……."

"저는 비난할 생각이 없습니다. 지금 비난을 한다고 달라질 게 있나요?"

"그럼 저는 잘한 건가요?"

"잘했다고 말해 주고 싶진 않아요. 저는 그냥 지성 학생의 힘들고 슬펐던 그 감정을, 좀 더 위로해 주고 싶네요."

"선생님이라고 불러도 되나요?"

"예…. 괜찮아요!"

"선생님, 왜 계속해서 눈물이 나고 슬픈 감정이 드는 걸까요?"

지성 학생이 슬픈 눈으로 같은 질문을 반복한다. 자신의 힘들었던 감정들을 서서히 꺼내려고 한다.

"우울증이라고 하죠."

"너무 싫어요. 우울증… 괴로워요!"

"엄청나게 괴롭죠. 차라리 눈에 보이는 고름이었으면 칼로 파내면 될 텐데…. 마음의 병은 그래서 치료하기 힘들고 어려워요."

"진짜 너무 싫어요, 우울증! 계속 눈물 나게 해요!"

"우울증, 정말 나쁜 녀석이에요!"

지성 학생과 나 사이에 있는 찻잔 위로 모락모락 피어올랐던 김이 희미해져 간다. 이는 지성 학생과 시간이 얼마 남지 않았음을 나타냈다.

"선생님, 이 슬픈 감정이 죽어서도 계속 들면 어떡하죠?"

"지금… 이미 죽었는…."

"그렇네요."

지성 학생은 고개를 숙이고 침울한 표정을 짓는다.

"지성 학생의 그 힘들었던 마음을 함께 나누고 싶네요. 어른으로서 지성 학생의 힘든 모습을 보니 가슴이 많이 아파요."

"……."

지성 학생이 앉은 탁자 위로 눈물이 뚝뚝 떨어진다. 눈물의 의미가 분명 변했다. 지성 학생의 감정을 느끼고, 나의 진심이 온전히 전달되었다. 그리고 서로의 마음이 연결되어 있는 이곳에서, 그것은 작은 울림으로 다가왔다.

"선생님, 이렇게 이야기 나누니까… 마음이 조금 편해졌어요."
"다행이네요!"
"저 왜 이렇게 슬펐던 걸까요?"
"아마도 정신적으로 큰 충격을 받았던 것 같아요."
"선생님, 알고 싶어요! 원인은 대충 알겠는데…"
"5학년 때, 지성 학생은 굉장히 인기가 많았었죠?"
"예, 그랬던 것 같아요."

지성 학생이 옅은 미소를 짓는다.

"5학년 때에는 너무나 인기가 많았던 지성 학생, 지성 학생을 특별히 아끼시던 선생님 등등…. 많은 것들이 변했어요."
"6학년이 너무 싫었어요!"
"그렇죠. 인기가 많아 자존감이 월등히 높았던 지성 학생. 하지만 그 자존감은 한 사건으로 무참히 떨어졌죠…. 알고 있죠? 무엇인지?"
"원주 수련회…"
"물웅덩이에 빠졌을 때, 지성 학생이 받았던 심리적 충격. 5학년 때와는 다르게 친구들이 너무 이기적으로 보였어요. 5학년 때, 물웅덩이에 빠졌으면 서로 도와주겠다고 자신들의 옷을 꺼내어 줬을 텐데…."

"맞죠. 6학년 친구들이 너무 이기적이었어요. 빠졌을 때 저를 보고 웃던 모습들이 너무 싫었어요. 악마들이에요!"

"충분히 그렇게 느낄 수 있죠."

지성 학생이 굳게 닫혀 썩어 가던 응어리를 표출한다.

"지성 학생, 자신의 감정을 표현하는 것은 아주 좋아요."

"감사해요! 조금 시원하네요! 그런데 선생님, 선생님은 정신과 의사예요?"

"아니에요. 그저 이곳에서 많은 사람들의 이야기를 들을 뿐이에요."

"내 마음을 잘 아시는 것 같아요!"

"이곳은 서로의 마음이 연결되어 있으니…"

"신기해요."

지성 학생의 표정이 전보다 밝아 보인다.

"선생님, 나는 어떻게 했어야 했나요?"

"무엇을 말하는 거죠?"

"이 우울증을 극복하기 위해서요."

"지성 학생은 노력을 해 보았나요?"

"아닌 것 같아요. 그냥 슬퍼만 했었던 것 같아요."

"그렇죠. 아마도 아직 초등학생이라 스스로 대처하기 힘들었을 거예요."

"어른들이 도와주지 않았는데요?"

"그건…"

"다 저를 불쌍한 눈빛으로 쳐다보면서 힘내라고만 했는걸요."

"음… 어른들이 잘못했네요."

어른인 내가 잘못을 인정하는 모습에 지성 학생이 당황한 듯 보인다. 우리의 이야기가 더 이어질 수 있도록, 찻잔 위로 피어오르는 수증기가 짙어진다.

"선생님, 이 슬픈 감정을 어떻게 대처했었어야 했나요?"

"음…"

나는 지성 학생에게 창문 쪽으로 오라고 손짓하였다. 소나기가 내리던 밖의 정원은 이야기가 진행될수록 따스한 햇볕이 내리쬐고 있었다. 풀잎에 얹힌 영롱한 빗방울들이 따스한 햇볕을, 나와 지성 학생 쪽으로 향하게 만들어 주었다.

"지성 학생, 저 모습들을 보니 어떤가요?"

"별생각이 없는데요⋯. 예쁘긴 하네요!"

"그렇죠? 따스한 햇볕을 쬐어야 해요."

"생각보다 쉽네요."

"아닐걸요? 지성 학생, 혹시 불 끄고 슬픈 음악 듣는 것을 좋아하지 않았나요?"

"예, 혼자 있고 싶어서 불 끄고 울었던 것 같아요. 슬픈 발라드를 들었고요."

"슬픈 발라드?"

"예. 슬픈 발라드가 나를 좀 더 이해해 주는 것 같았어요."

"그럴 수도 있죠. 노래를 들으며 더 울지 않았나요?"

"맞아요. 더 슬퍼지는 것 같았어요."

"그럼 듣지 않는 게 좋지 않을까요?"

"그런 생각까지 안 해 봤어요. 그저 '나는 슬픈 존재다' 하면서 울기만 했어요."

"아이고, 내가 있었으면 그곳에서 나오라고 손을 내밀었을 텐데⋯."

"그랬으면 달라졌을까요?"

"지성 학생이 그 손을 잡지 않을 수도 있죠. 하지만 저는 계속해서 손을 내밀었을 거예요. 그리고 그 우울증의 늪에서 벗어나게 잡은 손을 놓지 않았을 거예요."

지성 학생의 표정이 또 한 번 바뀐다. 감정의 변화가 전혀 보이지 않던 지성 학생의 얼굴이, 감정 상태에 따라 변화하기 시작한다.

"감사해요! 감사합니다…."

지성 학생이 떨리는 목소리로 답한다. 슬픈 감정에만 갇혀 고통스러워하던 지성 학생의 심리 상태가 조금씩 움직인다. 그리고 나는 말을 이어 나갔다.

"지성 학생, 선생님은 장담할 수 있어요. 우울증의 늪에서는 언젠가 나올 수 있다는 것을…."
"누군가가 손을 안 내밀어 주면은요?"
"저는 그렇게 세상이 각박하다고 생각하지는 않아요. 아닌가? 솔직히 잘 모르겠어요. 아니… 나는 같이 늪에 빠지더라도 그 손을 잡을 거예요."
"그럼 저는 어떻게 해야 하죠?"
"그 늪에서 빠져나오기 위해 노력을 해야겠죠. 그래야 뻗은 손을 내가 잡아 줄 수 있으니…."
"선생님께서 말씀하신… 따스한 햇볕을 보기 위해 노력해라, 그거인가요?"
"노력 중에 하나죠."
"또 뭘 노력해야 하죠?"

"정신과 진료, 운동….."

"운동이요?"

"땀이 흠뻑 날 정도로 운동하고 나면 기분이 꽤 상쾌해질 거예요."

"음… 그건 맞는 것 같아요! 또 있나요?"

"일찍 자는 것도 매우 중요해요."

"왜 일찍 자는 게 중요하죠? 잠도 안 오는데….."

"지성 학생, 혹시 밤늦게 더 우울한 생각이 많이 들지 않았나요?"

"밤에 더 많이 울었던 것 같아요."

"그래요! 그 시간을 잠으로 보내 버리는 거죠! 하하."

지성 학생이 나를 보며 선생님이라 계속 부르는 바람에 진짜 교사가 된 것마냥 교육을 해 버렸다.

"선생님, 선생님이 말씀해 주신 것 다 맞는 것 같아요! 그런데 만약에 그렇게 했는데도 계속 우울해지면 어떡하죠?"

지성 학생이 진지한 표정을 지으며 묻는다. 그리고 나는 차분하게 이에 답을 했다.

"왜냐하면… 내가 그렇게 해서 깊은 우울증의 늪에서 나왔거든요….."

나의 대답에 지성 학생의 동공이 커진다.

"선생님도 우울증에 걸리셨었어요?"
"예, 그랬었어요."
"어떻게 극복하셨어요?"
"사실… 나도 지성 학생처럼 많이 괴로웠어요. 그저 슬프기만 했어요. 누가 나를 이해하고 도와주지 않았던 것 같아요."
"선생님도 많이 힘드셨겠어요."
"예…. 지성 학생처럼 선생님도 많이 괴로웠어요. 노력도 안 했어요."
"눈물 나요. 선생님도 아파했다니…."

나의 눈시울이 뜨거워지며 눈물을 조금씩 흘리게 되었다. 서로를 바라보며 보이는 눈물에는 많은 의미가 담겨 있었다. 슬픔, 위로, 동감, 고통 등등….

"지성 학생, 잠시만 기다려 보세요! 보여 주고 싶은 게 있어요."

나는 자리에서 일어나, 선반에서 설탕과 투명한 컵을 꺼냈다. 투명한 컵에 물을 가득 담고 설탕을 부었다. 그리고 수저로 여러 번 휘저었다.

"지성 학생, 컵이 어때 보여요?"

"흐릿해요. 잘 안 보여요."

"그렇네요. 옆에 잠시 두도록 할게요."

"예?"

갑작스러운 나의 행동에 지성 학생이 당황한다. 나는 계속해서 말을 이어 나갔다.

"선생님도 노력을 했더라면 더 빨리, 더 안 아프게 극복했을 텐데… 지금 생각해 보면 아쉬워요."

"선생님은 참 좋은 사람같이 느껴져요."

"갑자기?"

"담임 선생님이, 선생님과 같았다면…"

"나도 그랬었으면, 하는 생각을 지성 학생의 과거에서 했었어요. 하하, 고마워요."

"선생님도 죽은 건가요?"

"……."

대답을 할 수 없다. 왜냐하면 나의 존재를 추측만 할 뿐, 내가 여기에 왜 있는지 모르겠다. 그래서 답을 할 수가 없다. '나는 어떤 존재일까?' 고민하다가 솔직하게 털어놓았다.

"지성 학생, 미안해요. 선생님도 잘 모르겠어요."

"저는 알 것 같아요."

"뭐라고 생각하나요?"

"분명 선생님이었을 거예요!"

"선생님이요? 음…."

"분명히… 나 같은 학생들을 잘 보살펴 주셨을 것 같아요."

"그런가요? 음… 선생님이라…."

"혹시 기억나는 학생이 있나요?"

"나는 내가 누구인지… 잘…."

비명을 지를 정도로 머리가 아파 온다. 희미한 기억의 그림자가 머릿속을 휘젓는다.

"아! 아아아악…!"

"선생님! 괜찮으세요?"

"미안해요, 지성 학생. 잠시만…."

너무나 고통스럽다. 분명 무언가가 머릿속에 그려지려고 하는 데… 그 조각을 맞추면 견딜 수 없을 만큼의 고통이 온몸을 찌를 것 같은 느낌이 든다. 나는 한참 동안을 신음하며 한 사람의 이름을 부른다.

"서언⋯ 화⋯."

지성 학생은 놀란 두 눈으로 나를 응시하고 있다.

"선화⋯? 뭐지? 누구지?"
"선생님, 이제 그만 생각하세요! 너무 고통스러워 보여요!"
"이제 조금 괜찮아졌어요. 걱정해 줘서 고마워요."

지성 학생과 나는 따스한 차를 마시며 심신을 안정시켰다.
지성 학생이 입고 있던 젖은 옷도 뽀송뽀송하게 말라 가고 있었다. 한결 밝아진 지성 학생. 슬픈 감정에 갇혀, 슬픔의 늪에 자신이 점점 빠져들어 가고 있다는 사실도 인지하지 못한 채, 숨 막히며 괴로워하던 지성 학생이 다양한 감정을 내보인다.
'지성 학생은 알까? 슬픔은 다양한 감정 중 단지 하나일 뿐이라는 것을⋯.'

"선생님, 선생님도 무언가 사연이 있는 것 같아요."
"음⋯ 그런 것 같아요. 하지만 기억이 안 나요."
"너무 괴로워하셨어요. 좋은 기억은 아니겠죠?"
"⋯. 선화⋯."
"그 이름에 대해서는 아무런 기억이 안 나세요?"
"그 이름을 생각하니, 가슴이 찢어질 것 같아요⋯."

선화라는 이름이 내 가슴을 짓누르다 못해, 갈기갈기 찢어 놓았다. 하지만 지성 학생과 얼마 남지 않은 시간을 나의 기억을 떠올리는 시간으로 보내서는 안 되었다. 지성 학생과의 이야기를 계속해서 이어 나가야 했다.

"지성 학생, 마음은 조금 편해지셨나요?"
"조금 편해졌어요. 감사해요."
"다행이네요. 다른 하고 싶은 이야기는 있나요?"
"아니요. 그냥 선생님과 이야기하는 자체가 좋아요!"

자연스럽게 표현하는 지성 학생의 미소가 나를 더욱더 아프게 만든다.

'왜 나는 이미 자신의 목숨을 끊은 사람들과 만나고 대화하는 걸까? 의미가 있을까? 죽기 전에 지성 학생을 만나게 해 줬더라면…. 신의 장난인가? 장난치곤 너무나 가혹하다.'

점점 옅어지는 찻잔 위의 수증기. 한 입만 더 마시면 지성 학생과의 만남도 끝이었다. 하지만 나랑 이야기하는 것이 좋다며 천진난만한 얼굴을 짓고 있는 13살 초등학생. 며칠이고 이야기를 나누고 싶지만 그렇게 할 수는 없었다. 나를 기다리는 누군가와의 만남을 위해….

"지성 학생, 이제 시간이 거의 다 되어 가네요!"

"아쉬워요."

"마지막으로 더 하고 싶은 이야기가 있나요?"

"보고 싶은 사람이 있어요."

밝게 빛나던 바깥이 갑자기 어두워지고 이슬비가 내린다. 급격한 감정의 변화. 나에게는 익숙하다.

"누구인가요?"

"어머니…."

"아, 마지막에 옥상에서 메시지를 봤었어요."

"보고 싶어요. 한 번만 보여 주시면 안 되나요, 선생님?"

"…. 저한테는 그런 능력이 없어요."

"엄마가 보고 싶어요. 나 때문에 너무 고생만 하셔서…."

"아, 슬프네요…."

"선생님! 제발 한 번만…. 한 번만…."

"지성 학생, 어머니한테 무슨 말을 하고 싶은 건가요?"

"선생님, 제발…. 한 번만, 꼭 해야 할 말이 있어요!"

"음… 일단 진정하고… 진정하세요."

희미해져 가던 찻잔 위의 수증기가 다시 짙어진다. 나는 지성 학생의 그 부분을 이해하고 풀어 준다면, 나가는 투명한 문이 분명 따스한 색깔로 바뀔 것이라 확신했다.

"지성 학생, 어머니와 관련된 이야기를 더 나눠 봐요."

"선생님, 어머니가 밤마다 저 때문에 우는 것을 봤었어요."

"음… 지성 학생의 어머니가 많이 힘들어하시는 건 느꼈어요. 아들이 힘들어하는 걸 보면, 어느 부모나 힘들 거예요."

"선생님, 사실… 아버지하고 어머니가 이혼을 했어요."

"아이고, 그런 슬픈 가정사가 있었군요…"

"선생님께 안 보여 드린 과거가 있어요."

지성 학생의 표정이 급해 보인다. 내리던 비의 굵기가 얇아지며, 어두운 구름 사이로 한 줄기의 빛이 내린다. 나는 이곳을 찾는 사람들의 과거로 수없이 함께 떠났었다. 하지만 과거가 그 사람의 모든 것을 표현하거나 보여 주지 못했다. 그것은 어쩌면 당연한 일이었다. 지성 학생의 경우가 그러하였다. 나는 지성 학생과 좀 더 이야기를 나눠야 할 필요성을 느꼈다.

"지성 학생, 그러면 제 손에 오른손을 올려 주세요."

지성 학생은 오른손을 나의 두 손 사이에 넣었다. 그리고 나는 두 눈을 감고, 어둠에서 희미하게 생기는 빛을 따라 의식을 담았다.

6살쯤 되어 보이는 지성 학생. 부엌에서는 큰 고함 소리가 들린다. 온갖 물건들이 날아다닌다. 이에 겁먹고 두 동공이 커져 눈치만 살피는 지성 학생. 부모들이 아들은 생각하지 않고 본인들의 감정에 따라 행동하고 있었다. 정서적 학대다.

"그 여자하고 살아! 나하고 지성이는 안 보이지?"
"이 집구석…. 지겹다! 지겨워!"
"나 친정으로 갈 테니, 지성이랑 그년이랑 잘 살아 봐!"
"그래! 생각 잘했다! 진작 그럴 것이지!"

지성 학생의 어머니가 짐을 챙겨 대문을 나선다. 이를 작은 문틈 사이로 지켜보던 지성 학생의 몸이 부르르 떨린다. 그리고 순간 의식의 흐름 공간이 바뀐다.

지성 학생과 지성이의 아버지가 거실에 앉아 티비를 보고 있다. 그 옆에 또 다른 한 여자가 지성 학생을 노려보고 있다. 지성 학생의 어머니는 아니다.

"자기야, 저 짐짝 좀 다른 데로 치우면 안 돼?"

한 여자가 지성 학생이 못마땅한지 계속해서 궁시렁거린다. 꼴 보기가 너무 싫다.

"지성아, 방에 들어가 있어!"

지성 학생의 아버지가 소리를 지른다. 지성 학생은 겁을 먹었는지, 눈물을 흘린다.

"이 새끼가! 지 엄마 닮아서 울고 지랄이네!"

지성 학생의 아버지가 손바닥으로 지성 학생의 뺨을 세게 때린다. 그리고 옆에서 한 여자는 미소를 짓는다. 지성 학생은 더욱더 소리 내어 슬픔을 표현한다. 하지만 이 공간에서 지성 학생을 도와줄 사람은 아무도 없었다. 이때, 갑자기 울리는 초인종 소리.

"누구세요?"

지성 학생을 보며 웃던 여자가 대문을 열어 준다. 대문을 박차고 들어온 지성 학생의 어머니. 울고 있는 지성 학생을 껴안으며 오열한다.

"지성아, 미안해. 엄마가 미안해. 정말 미안해. 미안해…."

이를 지켜보던 지성 학생의 아버지.

"깜짝이야! 저것들…. 내가 전생에 무슨 잘못을 저질렀다고…."

비아냥거리듯 말을 한다. 이에 화가 난 지성 학생의 어머니는 지성 학생의 아버지 멱살을 잡는다.

"이 쓰레기 같은 놈아! 지성이한테 한 번만 더 손대기만 해 봐!"
"뭐야! 이 미친년이!"

지성 학생의 아버지가 큰 손으로 지성 학생의 어머니 뺨을 후려친다. 그리고 뼈아픈 말을 남긴다.

"자식 버리고 친정으로 도망간 게 누군데?"

지성 학생의 어머니는 고개를 들지 못한다.

"아니야…. 아니라고…. 지성아, 아니야…."

지성 학생의 어머니는 지성 학생을 바라보며 반복해서 말한다.
순간 의식의 흐름 공간이 바뀐다.
1학년 교실. 학생들은 모두 하교하고 교실에 남은 사람은 지성 학생의 어머니, 지성 학생, 담임 선생님. 담임 선생님이 지성 학생의 어머니를 바라보며 이야기를 하고 있다.

"어머니, 지성이가 학교에서 말을 하지 않아요. 친구들하고 어울리지도 못하고."

"우리 지성이, 점점 좋아지지 않을까요?"

"말도 안 하고…. 걱정이 돼요."

"부모를 잘못 만나서… 우리 지성이…."

지성 학생이 큰 충격으로 인해 말문을 닫은 듯 보인다. 자살하기 5년 전의 일이다.

빛들이 모여 과거를 형상화한 모습들이 희미해져 간다. 희미해져 간 빛들이 한곳으로 모이고 다시 탁자에 앉아 서로를 바라보고 있는 공간으로 확장해 간다.

서로를 바라보며 흘리는 눈물. 나는 자리에서 일어나 지성 학생을 말없이 안아 줬다.

지성 학생이 단순히 수련회에서 있었던 일로 우울증이 생긴 것은 아닌 듯하다. 6살 어린이가 심한 정서적 학대를 당하여 초등학교 저학년까지 말문을 닫은 듯하다. 세상과의 단절. 그것이 자신을 지키는 것이라 몸이 자연스럽게 반응한 것처럼 보인다. 하지만 어머니의 사랑, 선생님들의 관심, 친구들에 의해 마음의 벽을 허물고 세상 밖으로 한 발자국씩 나온 것 같다. 그리고 5학년이 되어서 삶의 행복을 알고 추구하는 자존감 높은 아이로 성장한 것처럼 보인다.

"지성 학생, 왜 그렇게 힘들었는지 이제 조금 이해할 것 같아요."

"예…?"

"어렵게 열었던 세상에 대한 믿음이, 6학년 때 다시 깨져 버리고, 그래서 우울증이 생기고… 아, 마음이 너무 아프네요."

"선생님, 저는 왜 이렇게 불행했던 걸까요?"

"힘든 마음, 완전히 이해할 수는 없지만… 어린 나이에 감당하기 너무 힘들었을 것 같아요."

"예, 많이 힘들었어요. 그리고 이 지긋지긋한 우울증…"

"어른들 잘못이에요. 지성 학생은 잘못이 없어요."

"아니에요. 제가 선택한 길은…"

"어린 나이에 보호받아야 할 지성 학생. 제가 대신 사과할게요."

지성 학생을 바라보며 진심으로 고개를 숙여 마음을 전했다. 지성 학생은 눈물을 흘리며 괜찮다며 나를 다독여 준다.

"선생님, 저 엄마가 너무 보고 싶어요. 어떻게 해야 하나요?"

"지금으로써는 방법이…"

"그렇겠죠? 지금 나는 죽은 몸이니…"

"어떤 말을 전하고 싶나요? 전달할 수는 없지만 들어 줄 수는 있어요."

"지금 돌이켜 생각해 보면, 엄마가 나를 많이 사랑했던 것 같아요."

"맞아요. 저도 과거를 보면서 그렇게 생각했어요."

"늦게까지 일하시면서, 저를 볼 때마다 웃음을 지으셨어요. 삶의 활력소라고."

"지성 학생은 삶의 활력소죠!"

"하지만 내가 매일 우울한 모습을 보일 때마다 너무 힘들어하셨어요. 선생님, 어렸을 때 보셨죠? 엄마가 울고 있는 나에게 달려왔을 때?"

"지성 학생의 아버지가 나쁜 짓을 했을 때를 말하는군요."

"엄마는 항상 저에게 미안해했어요. 내가 그 일 때문에 우울해졌다고."

"어머니도 그 모습을 볼 때마다 많이 힘드셨겠어요."

"맞아요. 아마도 엄마가 더 힘들었을 거예요."

"그래서 지성 학생은 어떤 말을 어머니께 하고 싶나요?"

"아니에요. 직접 보고 했었어야 했어요."

"말해 봐요. 어떤 말인데요?"

"사랑해… 엄마!"

지성 학생이 몸을 부르르 떨기 시작한다. 그 단어 한마디에는 많은 의미를 담고 있었다.

"지성 학생, 사랑한다고 말한 적이 없나요?"

"있어요! 문자로…."

"아, 혹시 그 옥상에 떨어져 있던 휴대폰 속의 문자?"

지성 학생이 고개를 힘없이 끄덕인다.

"그렇군요. 그래서 직접 얼굴을 보고…. 알겠습니다."
"선생님, 왜 죽을 때 그 말을 처음 했을까요?"
"아마도 그때 제일 생각나는 사람이 지성 학생의 어머니였을 테니…."
"엄마가 너무 보고 싶고 미안해요."

찻잔 위의 수증기가 사라져 간다. 시간이 얼마 남지 않았다. 그리고 나는 한 가지 기발한 생각을 떠올린다.

"지성 학생, 한 가지 방법이 있어요."
"정말요? 선생님, 제발!"
"제가 이승에 있는 어머니와 연결을 할 수 있어요."
"그게 가능해요? 제발!"
"단! 듣기만 할 뿐, 말은 할 수 없어요."
"듣기만 해도 돼요!"

나는 눈을 감고 탁자 위에 손을 올렸다. 그리고 몸을 부르르 떨며 이승에 있는 지성 학생의 어머니와 연결하기 위해 고개를 좌우로 마구 흔들었다, 멈췄다, 흔들었다, 멈췄다. 물론 나에게는 이승과 연결시키는 능력 따위는 없었다. 하지만 이 가련한 학생을 위해서는 나는 광대가 되어야 했다. 나는 잠시 모든 움직임을 멈춘 후에 나지막하게 말했다.

"지… 성… 아!"
"엄마! 엄마! 엄마! 엄마! 엄마!"
"……"
"대답 못 하는 거 알아요! 듣기만 해 줘요!"
"……"
"엄마! 정말 미안해요! … 엄마!"

지성 학생의 눈이 너무나 슬퍼 보인다. 나를 지성 학생의 어머니라 생각하고 자신의 진심을 담아 한마디를 힘겹게 내뱉고 있었다.

"엄마, 이 한마디 꼭 하고 싶었어요!"

그리고 지성 학생은 자신의 진심을 담아, 힘겹게 말한다.

"사… 랑… 해요!"

나는 지성 학생의 진심이 담긴 말을 가슴에 담았다. 그리고 눈을 감고 어딘가에 있을 지성 학생의 어머니를 생각하며, 마음을 전달했다.

"선생님, 선생님, 잘 전달되었겠죠?"
"예, 그런 것 같아요."

지성 학생은 안도의 한숨을 내쉰다. 아직 어린아이였기 때문에, 어설픈 나의 연기에도 쉽게 의심을 하지 않는다.

"선생님, 저 이제 갈 시간인 거 맞죠?"

나는 말없이 고개를 살며시 끄덕였다. 자리에서 일어나는 지성 학생의 얼굴이 밝아 보인다. 나는 사기꾼이다. 하지만 오늘 한 행동은 훌륭한 사기꾼이라 정의해야겠다.

나는 지성 학생의 가는 길 옆에서 투명 문까지 배웅을 하였다. 투명 문의 손잡이를 잡은 지성이의 온기를 따라 투명 문이 옅은 남색으로 변해 갔다. 지성 학생은 나를 쳐다보며 묻는다.

"선생님! 만약에… 6학년 때 담임 선생님이… 선생님이었다면… 저는 행복했었을까요?"
"아마도 그랬겠죠?"
"하지만… 그 끝없는 우울증은 정말 너무 괴로웠던 것 같아요.

너무 지옥 같았어요. 그래도… 뛰어내린 건… 스스로 목숨을 끊은 건 잘못한 거겠죠?"

"지성 학생의 선택에 대해 잘잘못을 얘기하고 싶지 않아요. 저는 단지 지성 학생의 이야기를 듣는 존재일 뿐이니까요."

"선생님, 그래도 선생님과 이야기를 나누면서 든 생각이 있어요!"

"뭔가요?"

"제 다음 이야기가 궁금해졌어요. 우울증을 극복하고 즐겁게 살아갈지, 아니면 계속 고통 속에서 살아갈지… 답이 뭐일 것 같아요?"

"답은 정해져 있지 않아요. 저는 신이 아니니…"

"그냥 궁금해졌어요, 제 다음 이야기가…. 하지만 선생님, 늦은 거겠죠?"

"예, 돌아올 수 없는 한 발을 내딛는 순간…"

"그렇군요. 이거 하나는 정말 궁금해요. 지옥 같은 우울증의 터널 끝은 있는 건지…"

지성 학생은 마지막 자신의 궁금증을 나에게 내비친다. 그리고 옅은 미소를 지으며 문의 손잡이를 돌리려 한다.

"지성 학생, 잠시만! 탁자 위에 투명한 컵이 보이나요?"

"예, 보여요."

"달라진 것 없나요?"

"음… 설탕물이 투명해진 것 같아요. 보이기 시작했어요!"
"지성 학생, 이게 제 대답이에요."
"오! 시간이 지나면서… 점점 투명…. 아! 하하!"

지성 학생은 마지막으로 나에게 미소를 짓는다. 그리고 문을 살며시 열며 마지막 길을 나서려 한다. 슬프다. 저 길이 존재의 시작점이면 얼마나 좋을까? 마음이 너무 아프다. 지성 학생은 문을 나서며 내게 말한다.

"선생님, 너무 감사해요. 고맙고요!"
"지성 학생, 잘 가요!"
"선생님, 엄마에 빙의된 것처럼 연기해 주셔서 감사해요…. 하하."
"많이 티 났나요?"
"하하…. 조금요!"

우리는 서로를 바라보며 눈물을 흘린다. 하지만 입가에는 웃음이 번져 있다. 지성 학생이 옅은 남색으로 물이 든 문을 나서자, 이곳은 언제 무슨 일이 있었냐는 듯이 밖에서 새소리와 시냇물 소리가 들려오며 나를 위로해 준다.

나는 처음 지성 학생이 이곳을 들어왔을 때의 모습을 떠올려 본다. 빗물과 눈물이 섞여 슬퍼하던 지성 학생이 저 투명한 문을 지날 때 보이던 따스한 눈물과 미소. 차이가 있었다. 저 들어오는 문과 나가는 투명 문 사이에는 내가 존재했고, 그 존재의 이유를 조금씩 알 것 같았다.

선화. 그 이름이 계속 마음에 걸렸다. 마음이 아파 왔다.

나는 멍하니 창문 밖을 바라보았다. 따스한 바람에 산들거리는 꽃, 정답게 뛰어다니는 토끼, 시원하게 흐르는 시냇물 등등. 모든 것들이 나를 위해 존재하고 움직이는 것처럼 보였다.
다음 사람과의 만남을 위해….

3장

지우고 싶은
기억

멀리서 흐느끼는 소리가 들려온다. 그리고 그 소리는 점점 커지며, 나의 귀를 자극한다. 언제나 그랬듯이 나는 물을 끓이며 세상에서 가장 예쁘고 귀한 찻잔을 꺼냈다. 뜨거운 물 위에 찻잎을 올리며 손님 맞을 준비를 마쳤다.

똑똑. 문을 두드리는 소리가 들린다.

"들어오세요!"

눈물을 잔뜩 머금은 한 여성이 조심스럽게 들어온다.

"여기는 어딘가요? 저는 분명…"

20대 후반으로 보이는 여성. 백옥같이 하얀 피부. 양 볼에 쏙 들어간 보조개. 미인이다. 나는 마음을 최대한 가다듬고 설명을 해 보려 노력하지만, 말이 쉽게 떨어지지 않는다.

"여기는 스스로 목숨을 끊은 사람들이 지나가는 마지막 여정…."

마지막이라는 단어가 너무나 마음 아프게 다가온다. 나는 눈물을 흘리며 슬퍼하는 여성에게 자리에 앉을 수 있도록 안내했다.

"마음을 조금만 진정하시고, 따뜻한 차 한잔 드셔 보세요."
"……."

말이 없다. 세상에서 가장 슬퍼 보이는 눈으로 아무 말 없이 나를 바라보며, 눈물만 흘리고 있다. 나는 그저 바라볼 수밖에 없었다. 찻잔 위로 피어오르는 뜨거운 수증기 사이로 여성의 눈물이 서서히 마르고 있음을 느낄 수 있었다.

"차가 식어 가요."
"네…."

여성은 힘겹게 찻잔을 들어 차를 마신다. 이 아름다운 여성에게 도대체 어떤 일이 있었기에 극단적인 선택을 한 걸까? 궁금하다.

"이곳을 지나면 저는 어떻게 되는 건가요?"

"저기 투명한 문 보이시나요?"

"예…."

"그곳을 지나면…."

"……."

"저도 잘 모릅니다. 아마도 하얀 백지와 같이…."

"예…."

여성의 표정 변화가 읽히지 않는다. 자신의 마지막에 대한 궁금증이 커 보이지는 않는다.

"이곳을 지나면 모든 기억이 사라질까요?"

"아마도…. 저 투명한 문을 지나면…."

"그렇군요. 나를 기억해 주는 사람이 있을까요?"

"분명히 많이 있을 거예요. 하하."

"그런데… 음… 아니에요!"

여성이 힘겹게 말을 꺼낸 후에, 10여 분 동안 말이 없다. 언제나 그랬듯, 나는 기다리고 또 기다린다.

"이제 저 가도 되나요?"

"차가 남았는데, 다 마시고 가서도 됩니다."

"아니에요. 감사합니다."

"예…."

여성은 자리에서 일어나 나에게 고개를 숙인다. 무표정으로 나를 바라본 후, 투명한 문 쪽을 향해 힘없이 걸어간다. 그리고 문고리를 잡은 채, 한동안 움직이지 않는다.

"저기요, 차가 남았어요!"

나의 외침에도 여성은 움직이지 않는다. 이대로 그냥 보내는 것이 옳은 걸까? 짧은 시간에 많은 생각들이 스쳐 지나간다. 뚝뚝. 여성이 서 있는 바닥으로 무언가가 떨어진다. 눈물이다.

"아직 시간이 있으니… 잠시 저랑 이야기 나눠요."

여성은 힘없이 나를 향해 돌아선다. 눈물을 잔뜩 머금고 세상에서 가장 슬픈 표정을 한 채로 식탁 의자에 앉는다. 찻잔 위로 김이 모락모락 피어오른다. 나는 기다리고 또 기다린다. 여성의 감정이 나에게로 조금씩 스며든다. 나의 감정도 여성에게 조금씩 흘러간다. 그리고 그 감정들은 융화되어 서로를 연결 짓는다.

"많이 힘드셨죠?"
"괴로웠어요."

"아, 느껴지네요. 얼마나 고통스러웠을지…."

"……."

여성의 감정이 너무나 아프게 다가온다. 외롭고 슬프며 차갑다.

"이 한 잔만 마시고 가면 되는 건가요?"

"예…. 저랑 편안히 이야기 나누시면 됩니다."

"감사합니다."

"투명한 문으로 그냥 가시면 제 마음이 너무 아파요."

"아, 죄송합니다."

"아니, 죄송할 것까지는 없고…."

"아뇨. 고맙고 죄송합니다."

여성에게 나의 솔직한 마음을 내비쳤다. 여성은 나에게 미안한 마음이 드는지 계속해서 '죄송하다'라는 말을 반복한다. 내가 여성의 마음을 이해하고 위로해 주어야 하는데, 반대가 되었다. 그만큼 여성은 마음이 여리고 착했다.

"이름이 어떻게 되나요?"

"제 이름은 지우예요."

"저는 그냥 선생님이라 부르시면 편할 듯합니다."

"예, 선생님!"

간단하게 통성명이 끝났다.

"지우 양, 따스한 차 한 잔 마셔 보세요!"
"아, 예…. 따뜻해요."
"세상에서 가장 예쁘고 소중한 찻잔에…."
"너무 귀하고 예쁜 것 같아요."

눈물을 흘리며 웃고 있는 지우 양. 너무나 마음이 아프다.

"지우 양, 따뜻한 차 한 잔 마셔 봐요."
"예…."

지우 양은 눈물을 뚝뚝 떨어뜨리며 따뜻한 차를 천천히 마신다. 그리고 나는 뜨거운 차의 수증기가 점점 옅어지듯이, 지우 양의 심적 고통 또한 조금씩 희미해져 가는 것을 느꼈다. 지우 양의 얼굴을 바라보며 나는 따스한 미소를 지었다. 오른손을 살며시 지우 양을 향하여 내밀었다. 지우 양은 뜨거운 찻잔을 잡았던 손으로 나의 오른손 위에 올려놓았다. 잡은 두 손에서 발하는 광채는 우리 두 사람의 눈을 한동안 멀게 했다.

눈을 떴을 때, 나는 어느 한 초등학교 정문에 서 있었다.
멀리서 한 소녀가 신나는 노래를 부르며 교문을 나선다. 가방에는 '4학년 지우'라고 명찰이 붙어 있다. 성인이 되어 나를 찾아온 지우의 모습과 어린 시절의 지우의 모습은 너무나 닮았다. 당연한 이야기이지만 신기하다.

"지우야, 같이 가야지! 오빠 남겨 두고 가면 어떡해?"
"오빠, 빨리 와! 정문에서 기다리려고 했지!"

지우의 오빠인 듯하다. 지우는 오빠를 바라보며 해맑게 웃는다. 지우와 지우의 오빠는 정답게 손을 잡고 집으로 향한다. 석양이 산 중턱에 걸리고 선선한 바람이 기분을 한층 업그레이드시켜 준다. 이 남매를 따라가는 나의 마음도 신이 난다. 10여분을 걸어간 끝에, 한 기와집에 도착한다.

"지우야, 엄마가 오늘 직장 끝나고 바로 모임 간다고 하더라."
"그럼 우리 밥은 어떡해?"
"오빠가 라면 끓여 줄게."
"맛있게 끓여 줘야 해!"

남매끼리 오고 가는 대화가 너무나 정이 있고 사랑스럽다. 지우는 든든한 오빠가 있어서 다행이란 생각이 든다. 도대체 우리 지우 양에게 어떤 일이 있었던 걸까? 왜 지금 이 편안하고 기분 좋은 과거가 내게 보이는 걸까? 갑작스럽게 다가오는 불안감이 전신을 휘

감았다.

라면을 맛있게 먹은 남매는 각자의 방으로 향한다. 지우는 학교에서 내준 숙제를 하기 위해, 책가방에서 수학책을 꺼내고 공부할 준비를 마친다. 이때, '똑똑' 하고 지우의 방문을 두드리는 소리가 들린다.

이 소리에 나의 온 신경이 민감하게 반응한다. 그렇다. 한 사람의 비극이 시작되는 그 지점이었다.

"지우야, 바빠? 오빠랑 재미있는 거 볼래?"
"음… 나 숙제해야 해!"
"잠깐이면 돼!"
"숙제… 알았어!"

지우는 오빠의 방에 반강제적으로 끌려간다.

"지우야, 오빠가 재미있는 거 보여 줄게."
"무슨 재미있는 거?"
"눈 감아 봐."

지우는 살며시 눈을 감는다. 지우의 오빠는 컴퓨터 화면을 켠다. 화면 속에서는 젊은 성인 남성과 여성이 옷을 벗고 서로를 애무하고 있었다.

"지우야! 절대 눈을 뜨지 마! 절대로!"

나는 어린 지우에게 소리를 쳐 보지만, 그 소리는 지우의 귀에 닿지 않는다. 내가 이를 바라보는 시공간은 다른 차원의 세계였다.

"이제 눈 떠도 돼!"

지우의 오빠가 조용히 이야기한다. 눈을 뜬 지우는 너무나 충격을 받았는지 입을 다물지 못한다.

"엄마한테 다 이야기할 거야! 오빠가 이상한 영상 본다고!"
"이야기하면 안 될걸?"
"오빠! 엄마한테 혼날 거야!"
"네가 지난번에 엄마 지갑에 손댄 거 이야기해도 돼?"
"그거는 오빠랑 같이 했던 거잖아!"
"아빠랑 이혼하고 엄마가 얼마나 힘든데… 엄마 지갑에 손을 대냐?"
"오빠, 악마 같아!"
"영상 같이 보는 게 그렇게 힘든 건 아니잖아?"
"그래도…."
"엄마 지갑 손댄 거, 이제 잊을게."
"그냥 같이 보기만 하면 되는 거지?"

"응."

악마 같은 지우 오빠의 요구를, 지우는 어쩔 수 없이 받아들였
다. 6학년 정도 되어 보이는 지우 오빠에게서 순수함을 가장한 더
러운 욕망덩어리가 느껴졌다.

"그냥 어른들이 흔히 하는 행위야."
"조용히 하고 보기나 해! 더러워!"

지우의 오빠는 썩은 미소를 지우에게 지었다. 어른들이 없는 시
골에 한 기와집에서 어린 남매끼리 야한 동영상을 보고 있는 모습
을 뒤에서 보고 있자니, 너무나 씁쓸하다. 아직 제대로 성에 대한
인식이 잡히지 않은 상태에서 왜곡된 성에 대한 개념이, 이 아이들
에게 큰 재앙으로 다가올 것이 분명하게 느껴졌다.

영상에 나오는 성인 남성과 여성이 서로의 성기를 애무하는 장면
에서, 나는 지우 오빠의 신체 변화를 유심히 살펴보았다. 지우 오
빠의 성기가 조금씩 커져 가고 있었다. 그리고 순간, 지우 오빠는
지우의 가슴에 손을 얹고 주무르기 시작했다.

"오빠, 뭐야! 뭐 하는 거야!"
"가만히 있어 봐. 너도 기분 좋아질 거야."
"아파…."

지우는 오빠의 방에서 뛰쳐나와 자신의 방으로 향했다. 그리고 방문을 잠그고 이불을 뒤집어쓴 후에 울기 시작했다. 무슨 이런 쓰레기 같은 상황이 다 있나? 어린 지우가 받았을 정신적 충격이 너무나 커 보였다. 20여 분 후에 지우의 어머니가 행복한 표정을 지은 채 들어온다.

"우리 강아지들! 집 잘 지키고 있었어?"

지우의 어머니 표정에는 다양한 감정들이 녹아 있었다. 생계를 이어 가기 위해 노력한 흔적. 이를 숨기기 위해 애써 짓는 미소. 아이들의 얼굴을 보며 진심으로 느끼는 행복감 등등 많은 모습들이 내게 보였다.

"엄마, 지우랑 집 잘 지키고 있었어요!"
"기특해라! 지우는?"

지우를 부르는 엄마의 말에 지우가 방문을 열고 달려 나온다. 그리고 엄마 품에 꽉 안긴다.

"엄마! 오빠가 있잖아! 오빠가…"
"엄마, 지우가 있잖아요! 옛날에 그…"

지우는 끝내 오늘 있었던 일들을 말하지 못한다. 오빠는 지우가 엄마에게 말하지 못할 것임을 이미 느끼고 있었다. 오빠라는 위치에서 동생의 감정을 자기 마음대로 쥐락펴락하는 비인간적인 행동을 하고 있었다. 지우는 자신의 감정을 숨기기 시작했다. 지우는 생계를 이어 나가기 위해 아픈 몸을 이끌고 일하는 엄마의 모습을 누구보다 잘 알고 있었다. 이는 드러내야 할 지우의 감정들을 더욱더 깊숙이 가라앉게 만들었다. 가라앉은 감정들은 시간이 지날수록 꺼내기 점점 힘들어지게 될 것이란 생각이 강하게 들었다.

　강한 빛이 모였다가 사라지며 다른 장면을 나에게 보여 주었다. 어두운 밤하늘에서 소나기가 세차게 내렸다. 지우의 엄마는 일을 나가셨는지, 지우와 지우의 오빠만 집에 있었다. 지우는 방문을 걸어 잠근 후에, 눈물을 계속해서 흘리고 있었다. 똑똑.

　무서운 노크 소리가 들려온다.

“지우야, 잠깐 문 좀 열어 줘.”

“싫어! 꺼져!”

“지우야, 오빠가 사과하려고 그래.”

“…….”

　사과란 말에 지우는 울음을 그친다. 그리고 잠시 고민하더니 방문을 열어 준다.

"지우야, 잠깐 내 방으로 와."

지우는 무표정으로 따라간다. 오빠는 지우가 들어오자 방문을 잠그고 나가지 못하게 문을 지킨다.

"오빠가 신기한 거 보여 줄게."
"나 나갈 거야!"
"잠깐만…."

오빠는 지우를 강제로 막아선다. 그리고 오빠는 바지와 팬티를 벗고 성기를 드러낸다. 지우는 비명을 질러 보지만, 세차게 내리는 소나기 소리에 쉽게 묻힌다.

"지우야, 이쪽을 손으로 주물러 줘."
"미친놈아!"

경악스러운 장면들이 눈앞에 펼쳐진다. 문 앞을 막아선 오빠의 강요에 끝내 지우는 자포자기한다. 밖에서 내리는 소나기 소리가 더욱더 세차게 들려온다. 지우는 떨어지는 소나기들과 함께 자신의 감정과 이성을 내려놓은 듯하다. 오빠는 자신의 커진 성기를 오른손으로 잡고, 나머지 손으로 지우의 속옷을 벗긴다. 떨어지는 지우의 눈물 농도가 너무나 진하다. 악마로 변한 지우의 오빠가 자신의 성기를 지우의 몸으로 넣으려는 순간.

"애들아, 뭐 하니? 문 열어 줘!"

문을 두드리는 소리가 떨어지는 빗소리 사이로 들려온다. 다행히도 지우의 어머니가 집에 도착하였다.

"야! 엄마한테 말하면… 알지?"
"……."

지우의 오빠는 지우에게 무서운 표정을 지으며 협박한다.

젖은 옷과 우산을 털며 지우의 어머니가 들어온다. 하루 동안 받았을 스트레스가 얼굴에 희미하게 보이지만, 두 아이를 보자 굳었던 얼굴의 근육들이 웃음으로 퍼진다.

지우는 엄마를 본 후에, 자신의 방으로 들어간다. 분명 얼굴에 남은 눈물 자국과 평소와 다른 발걸음으로 이상함을 감지해야 정상이지만, 지우의 어머니는 알아채지 못한 듯하다.

"지우야, 엄마가 피자 사 왔어. 피자 먹어!"
"앗싸! 피자다!"

지우는 방에서 나오지 않는다. 사 온 피자는 지우의 어머니와 오빠가 맛있게 먹는다.

"우리 지우 것 3조각 남겨 놔."
"알았어요! 다이어트하나 보죠."
"그럼 2조각 남겨 놔!"
"알겠어요! 맛있네요!"

지우의 아버지가 이 공간에 함께하지 못한 것이, 너무나 아쉽게 다가온다. 이 끔찍한 상황을 분명 인지하고 바로잡았을 거라는 생각이 강하게 든다. 나는 지우의 방문을 지나 이불을 덮고 울고 있는 지우를 멀리서 바라보았다. 어두컴컴한 방 안, 일정한 박자로 떨어지는 소나기, 지우의 마음을 더욱더 애달프게 만들고 있는 mp3 노래 등등. 우울증으로 가는 시작점이었다. 이 상황에서 지우에게 따스한 손길을 내밀 사람이 필요해 보인다. 하지만 그런 사람은 있을 것 같지 않았다.

떨어지는 빗소리가 지나가고 따스한 햇빛이 지우의 창문으로 들어선다. 시간이 지나고 편안한 분위기를 자아내는 달빛이 지우의 창문을 비춘다. 지우의 창문 밖으로 모든 만물이 시간이 흐름에 따라 변화한다. 그리고 반복한다.

하지만 이 가운데에 지우의 마음만은 슬픔에 갇혀 변화하지 못한다. 학교에서는 무표정. 집에 돌아와서는 이불을 뒤집어쓰고 귀에는 이어폰을 꽂은 채, 계속해서 눈물을 흘린다. 지우는 심각한 우울증의 늪에 빠진 것이다.

똑똑. 죄의식이 전혀 보이지 않는 지우의 오빠가 지우의 방문을 두드린다. 방안에서 지우가 아무 반응을 보이지 않자, 오빠는 문을 어떻게서든 열려고 시도를 한다. 10여 분 동안 시도를 한 후에, 지쳐서 돌아간다.

장면이 바뀐다. 교복을 입고 밥을 먹고 있는, 고등학생이 된 지우의 오빠, 중학생이 된 지우, 두 남매의 어머니. 이렇게 셋이 식탁에 앉아 아침 식사를 하고 있다.

"지우야, 오빠 오늘 일찍 끝나거든. 같이 시내 롯데리아 가자."
"음… 시험 평가 기간이긴 한데…. 알았어. 3시에 만나자!"

지우와 지우의 오빠는 서로를 보며 미소를 짓고 있다. '이게 도대체 무슨 일이 벌어진 거지?' 도저히 납득할 수 없는 상황들이 펼쳐지고 있었다.

"엄마도 오늘 1시간 일찍 끝나서 4시까지 롯데리아 갈 수 있을 것 같아."
"그러면 우리 셋이 만나서 같이 집에 오면 되겠다!"

평범한 일상과 대화가 오고 가는 화목한 가정의 냄새가 풍긴다. 지우의 어머니도 매일 늦게까지 일하던 기존 직장에서, 오후 5시에 일이 끝나는 직장으로 이직하신 것처럼 보였다. 너무나 잘된 일이다.

'그럼 지우 양이 받았던 끔찍한 기억, 고통, 충격 등은… 괜찮은 걸까?'

나는 유심히 지우의 얼굴을 살펴보았다. 얼굴은 미소로 가득했고, 여느 중학교 여학생들처럼 놀러 간다는 말에 신나는 기분을 감추지 못하고 있었다.

시간과 공간이 변한다. 어두컴컴한 지우의 방. 멍하니 거울을 바라보고 있다. 무표정한 얼굴의 두 눈에서 눈물이 흘러내린다. 슬픈 음악이 방 안을 메우고 있다. 조용히 책상에 앉아 면도칼을 자신의 오른 손목 위에 올려놓는다.

똑똑. 지우의 방문을 누군가 두드린다.

"지우야, 엄마가 맛있는 거 해 놓았다고 빨리 나오래."
"…. 알았어!"

식탁에 앉아 가족끼리 저녁을 먹는다. 지우는 오빠와 엄마에게 미소를 보이며 밥을 목구멍으로 넘긴다. 지우의 어머니는 지우의 심리 상태에 대해 전혀 모르시는 것 같다. 생계를 유지하기 위해 일에 몰두하다 보니, 정작 중요한 아이들에게는 다소 소홀해진 것이 아닌가 하고 생각해 본다.

지우랑 지우의 오빠가 서로 웃으며 밥을 먹고 있는 모습을 보고 있자니 마음이 아파 온다. 겉으로는 지우가 미소를 보이고 있지만, 돌아서면 어둠 속에서 끔찍한 기억들이 지우를 슬픔의 늪 속으로 끌어당기고 있었다. 이 상황을 어떻게 극복하면 좋을까?

시간이 지날수록 아이의 아픔은 무겁고 두꺼운 돌덩이가 되어, 쉽게 꺼내지 못할 것이다. 누군가가 이 아이의 무거운 짐을 꺼낼 수 있도록 도와야 한다. 과연 누가 있을까? 다음 기억 속에서 이 가련한 아이를 도울 누군가가 나타날까?

입가에 미소를 짓고 있지만 슬픈 눈동자를 하고 있는 지우의 모습이 희미하게 사라지며, 교복을 입고 수업을 듣고 있는 지우의 모습을 점점 나타내기 시작한다.

한 젊은 남선생님이 여학생들을 바라보며 농담을 하고 있다. 재미없는 농담임에도 교복을 입은 여학생들이 즐겁게 반응을 해 준다. 부럽다.

"여러분들, 성교육 받을 시간입니다!"
"와! 와!"
"선생님이 솔직히 부끄러워서…"

"괜찮아요! 해 주세요!"

수줍어하는 선생님의 모습이 재미가 있었는지, 여학생들이 장난을 친다. 지우도 즐거운 반응을 보인다.

"얘들아, 그래서 선생님이 아주 훌륭한 영상 자료를 가져왔어요."
"직접 해 주세요!"
"조용! 이제 집중해서 보도록 하세요!"

젊은 남 선생님은 수줍음을 숨기려 목소리를 크게 낸다. 그리고 지루한 영상 자료가 20여 분 동안 진행된다. 지루하다.
'성교육이 얼마나 중요한데. 저 지루한 영상 자료가 더 악영향을 끼칠 것 같은데…'
지루한 영상이 끝났다. 남선생님은 아이들에게 A4 용지를 한 장씩 나눠 준다.

"여러분들이 성에 관련하여 고민이 있는 부분들을 자유롭게 적어 주세요."
"…"

여학생들은 남선생님의 말에 잠시 어리둥절하더니, 써 내려 가기 시작한다. 나는 지우의 얼굴을 유심히 지켜보았다. 펜을 잡은 지우의 오른손이 심하게 떨린다. 지우는 과연 자신의 마음을 종이에 담아낼 수 있을까? 지금 이 순간이 아이가 슬픔의 늪에서 도움을 받기 위해 손을 뻗을 수 있는 기회인데….

A4 용지 위에 써 내려 가는 연필의 소리와 함께, 지우의 손도 서서히 움직이기 시작한다. 따스한 햇볕이 교실을 감싸며 빛으로 채운다.

그 빛은 다른 시간과 공간을 만들어 낸다.

밖에서 소나기가 창문을 일정한 박자로 세게 내리친다. 교실에는 지우, 젊은 남선생님. 이렇게 둘만 남아 있다. A4 용지를 들고 있는 남선생님의 팔이 떨려 온다. 지우의 눈을 쳐다보지 못한다. 남선생님은 바닥을 쳐다보며 지우의 이름을 조심스럽게 부른다.

"지우야, 지우야."

"…. 예…."

"A4 용지에 적은 일들이 진짜 있었던 일들이야?"

"……."

지우의 두 눈에서 눈물이 주르륵 흘러내린다. 남선생님의 얼굴을 쳐다보며 고개를 끄덕인다. 남선생님의 근육이 작은 경련을 일으킨다.

"이런 미친… 미안해요."

"……."

남선생님의 갑작스러운 분노 표출에 지우가 당황을 한다. 안정을 찾은 남선생님은 온화한 미소를 지으려 노력한다.

"지우야, 미안해. 선생님이 이제 알아서…"

"아니에요…!"

남 선생님의 두 눈에서 눈물이 흘러내린다. 이 모습을 바라보는 지우도 눈물을 흘린다. 지우가 흘리는 눈물의 의미가 변했다.

"많이 힘들었지? 죽으려고까지 생각했으니…"

"……."

"이제 선생님이 알았으니까 가만 있지 않을 거야."

"……."

"지우야, 선생님이 어머님이랑 통화해도 괜찮을까?"

남선생님의 말에 지우의 눈물이 멈춘다. 지우의 동공이 심하게 떨린다. 이에 남선생님은 지우의 오른손을 두 손으로 잡는다. 그리고 남선생님은 놀란 듯이 손을 놓는다.

"지우야, 미안해. 갑자기 손을 잡아서…."
"괜찮아요!"

남선생님이 혼란스러운 지우의 감정을 잡아 주려 노력하지만, 성별이 다르다는 것이 큰 벽으로 다가오고 있었다. 더욱이 남자인 오빠에게 성추행을 당했기에, 남선생님이 조심스러워하는 것은 어느 정도 이해가 되었다.

"지우야, 선생님은 항상 네 편이야."
"선생님…."
"응, 지우야."
"통화… 괜찮아요!"
"고마워, 지우야."

남선생님의 얼굴이 밝아졌다. 지우에게 따스한 남선생님의 마음이 전달된 듯하다. 뒤에서 지켜보는 내 마음이, 남선생님의 마음과 동화되어 지우랑 상담을 하는 듯한 착각을 일으켰다.

남선생님과 지우의 어머니와 통화 내용이 궁금해진다. 하지만 나는 지우의 기억을 따라 움직이기에 알 수는 없었다. 분명 지우가 내게 보이는 다음 장면은 지우의 어머니 반응일 것이다. 선생님과 통화하고 지우의 어머니는 과연 어떤 반응을 보일까?

지우의 오빠를 죽어라 때릴까? 지우의 상처를 감싸 줄까? 다양한 상상들이 머릿속에 그려진다.

그리고 그 결과를 향하여 어둠이 내려앉고 작은 불빛들이 모여, 식탁에 앉은 지우와 지우의 어머니 모습을 형상화했다. 세차게 내리는 소나기.

"지우야, 그런 일이 있었으면… 엄마한테 먼저 이야기했었어야지!"
"……."
"엄마가 늦게 알아서 미안해."
"… 괜찮… 아."

지우 어머니의 진심이 느껴진다. 지우의 마음이 조금씩 안정되어 간다. 하지만 다음 지우 어머니의 말이 밖에서 내리는 세찬 소나기와 같이 지우의 마음에 슬픔이 되어 내린다.

"지우야, 이 일은 이제 우리 안에서 해결하자."
"……."
"이 일이 밖에서 소문이라도 나면, 오빠는 학교도 못 다닐 거야."
"……."
"오빠가 이번 중간고사 1등 했대. 우리 지우도 할 수 있어!"
"……."

지우의 눈물이 더 이상 흐르지 않는다. 오빠에 대한 미움, 엄마에 대한 실망감, 수치심 등등 많은 감정들이 의미가 없어졌다. 자신을 다시 어둠이라는, 축복 같지만 지옥인 곳에 가둔다. 지우를 바라보는 나의 가슴이 매우 아파 온다. 지우의 어머니는 이 아이가 얼마나 힘든 나날들을 보내고 있는지 알고 있을까? 지우가 너무 아파하는데, 그게 먼저 아닐까? 답답함이 밀려온다.

세차게 내리는 빗소리가 점점 작아지며 새로운 공간을 나에게 비춘다. 어둠이 내려앉은 지우의 방. 아무도 보이지 않는다.

"흑흑⋯. 흑흑⋯."

흐느끼는 소리가 조심스럽게 들려온다. 지우가 방문을 꼭 잠그고 이불을 뒤집어쓴 채 눈물을 흘리고 있다. 나는 침대에 앉아 불쌍한 한 아이를 멍하니 바라보았다. 누군가가 이 아이에게 따스한 손을 내민다면 얼마나 좋을까? 아쉽다. 이 잔혹한 현실의 끝은 자살이란 슬픈 결말로 막을 내릴까? 그래서는 안 된다.

"지우야, 엄마가 밥 먹으러 나오래."

지우의 오빠가 지우의 방문을 두드린다.

"알았어. 나갈게!"

지우는 눈물을 빠르게 훔치며 아무 일도 없었던 것처럼 방문을
나서고 식탁에 앉는다. 엄마와 지우의 오빠는 지우의 심리 상태에
둔감한 것처럼 보인다.
반찬을 옮기던 지우의 어머니가 입을 연다.

"이번 여름 방학 때 계곡에 놀러 가자! 수박도 사고."
"오, 진짜요? 좋아요!"
"⋯⋯."

지우는 입을 열지 않고 힘없이 고개를 끄덕인다.

"지우야, 오빠랑 유니콘 튜브 타 보자. 친구한테 있어!"
"진짜? 재미있겠네!"

지우가 긍정적인 반응을 보인다. 멀리서 바라보면 영락없는 친한
남매 사이처럼 보인다. 이에 지우 어머니는 미소를 지으며 말한다.

"너는 이번 방학 동안 청소년 센터에서 성교육 20시간 받아야
하는 거 잊지 마."
"예, 알겠어요."

"지우 담임 선생님이 화 많이 나셨어."

"⋯⋯."

지우의 오빠에게 말한다. 지우의 오빠는 고개를 숙인 채 밥을 조용히 먹는다.

"엄마, 나 밥 조금만 더 줘!"

기계적으로 숟가락으로 뜨던 지우의 행동에 생기가 조금씩 돈다. 지우는 밥을 더 받고 반찬들을 골고루 먹기 시작한다. 지우가 진정으로 원한 것은 무엇일까? 오빠에게 큰 벌을 내리게 하는 걸까? 상처 난 지우의 영혼에 대한 치료일까?

다양한 생각들이 머릿속을 가득 메운다.

'지우는 나에게 어떤 다음 장면을 보여 줄까?'라는 생각이 들 때쯤. 시공간이 희미하게 바뀌어 간다. 그리고 담임인 남선생님과 지우가 교실에 앉아 상담을 하는 모습을 형상화한다. 두 사람은 서로 마주 보기만 할 뿐, 어떠한 소리도 내지 않는다. 밖에서 내리는 얇은 빗방울만이 그 존재감을 드러내었다.

시간이 얼마 지나지 않아 남선생님이 입을 연다.

"지우야, 방학 동안 오빠가 센터에서 성교육 받은 거 알고 있나요?"

"…, 예…"

"선생님이 지우를 왜 불렀는지 알고 있나요?"

"아뇨."

"지우의 마음이 궁금해요."

"괜찮아요."

"음… 미안해요. 선생님이 괜히 궁금하다고… 지우를 힘들게 했네요."

"……"

교실 안에는 무거운 정적이 흐른다. 분명 지우의 표정이 슬퍼 보인다. 남선생님의 한마디에 지우의 감정이 얼굴로 조금씩 드러났다. 그리고 지우의 눈시울이 뜨겁게 변화하고 눈물을 흘리기 시작한다. 이를 지켜보는 남선생님의 표정은 온화하지만 단호해 보인다.

"지우야, 지금 마음을 한 번 이야기해 줄 수 있나요?"

"……"

"아직 마음이 많이 무거운가요?"

"……"

"지우가 마음이 편해지면 이야기해 주세요."

"……"

조용한 교실 속에서 무겁던 지우의 입이 열리기 시작한다.

"오빠가 혼났으면 좋겠어요."

"오빠가 지우에게 사과를 하지 않았나요?"

지우는 고개를 끄덕인다.

"지우야, 선생님이 정말 궁금한 게 있거든요. 답해 줄 수 있나요?"

"예…."

"3년 전에 있었던 일들이… 계속해서 반복되었나요?"

"아뇨, 4학년 때만…."

"그렇군요. 음… 음… 알겠습니다!"

"……."

"오빠가 지우에게 진심 어린 사과를 하지 않았군요."

"……."

"그 행동에 관해서 교육받는 것으로 그냥 끝을 맺으려고 했던 거죠? 오빠도, 어머님도."

눈물을 흘리며 경직되어 보이던 지우의 표정이 한결 부드러워졌다. 그렇다. 지우가 원했던 것은 진심이 담긴 사과였다.

"지우야, 마음 단단히 먹어요. 며칠 동안만 선생님을 믿어 주세요."

"예?"

"선생님이 꼭 해야 할 일이 생겼네요. 지금 아니면 더 힘들어질 수 있어요."

"예… 선생님!"

"알겠습니다. 조만간 다시 이야기 나누도록 해요."

상담을 마친 지우가 교실을 나선다. 이를 뒤에서 지켜보는 남선생님의 표정이 의연하고 당차다. 교실을 떠나는 지우의 발걸음도 가벼워 보인다. 어렵다. 사춘기가 시작되는 시기에 지우에게 생긴 끔찍한 기억이 얼마나 아프게 다가왔을지 나는 전혀 가늠하지 못할 것 같다. 남선생님은 지우의 마음을 이해하고 이를 잘 해결해 줄 수 있을까? 지우에게 다시 삶의 의미를 갖게 해 줄 수 있을까?

다음 장면이 궁금해진다.

나의 궁금증에 따라 시공간이 변한다. 지우의 집.

"지우야! 시우야! 지우야! 시우야!"

지우의 어머니가 집에 도착하자마자 아이들의 이름을 부르기 시작한다. 지우가 잠에서 깨어나 지우의 방문을 열고 나가려 할 때에, 어머니가 누군가와 통화하는 것을 엿듣게 된다. 지우의 어머니는 집에 아무도 없다는 것으로 생각하고, 스피커폰으로 통화한다.

"아니, 선생님! 이제 그만하시면 안 되나요?"

"어머니, 지우가 진정한 사과를 받지 못했어요!"

"센터 가서 더운데 고생했잖아요!"

"음… 교육받은 것도 중요하지만, 제일 중요한 게 빠졌잖아요."

"선생님, 그만! 저도 어렸을 때 어른들한테 성추행, 성폭행 당했던 기억이 있어요. 그리고 저는 이겨 냈고요."

"어머니도 아픈 기억이 있으셨군요."

"그래서 우리 지우도 잘 이겨 낼 거라고 생각해요."

"아니, 저는 그렇게 생각하지 않아요! 어머니는 어머니고, 지우는 지우예요. 그리고 제가 지금 그 사실을 알고 있고요. 가만히 있을 수가 없어요!"

"선생님, 그만! 교육청에 신고하도록 하겠습니다!"

"지우 어머니, 저는 무섭지 않아요. 조만간 아드님을 만나도록 하겠습니다."

통화가 끝났다. 문틈으로 이를 지켜보던 지우는 살며시 방문을 닫는다. 이불을 뒤집어쓴 채 눈물을 흘리기 시작한다. 나는 확실하게 느낄 수 있었다. 지우가 흘리는 눈물의 의미가 지난번과 다르다는 것을….

시공간이 변한다. 어느 한 커피숍. 지우의 오빠, 지우, 남선생님 셋이서 커피숍 2층 한 테이블에 앉아 있다. 고요하다. 커피숍 2층에는 이들을 제외하곤 그 누구도 보이지 않는다.

"시우야, 우리 어제 만났었지? 그리고 네가 동생에게 할 이야기가 있다고 자리를 마련해 달라고 했던 거 기억나지?"

"예, 선생님."

"그럼 지우랑 시우랑 이야기 나눠 보도록 해요. 선생님은 1층에서 조용히 티타임을 갖도록 할게요."

남선생님은 1층으로 내려간다.

"음… 지우야."

"응…?"

"미안해. 내가 생각이 없었던 것 같아. 미안해."

"이제 괜찮아."

"동생한테 해서는 안 될 행동을 한 것 같아. 정말 미안해."

"괜찮아."

지우가 원했던 상황이 지금 펼쳐지고 있었다. 하지만 갑작스러운 오빠의 사과가 낯선지, 지우는 같은 답만 반복해서 한다. 지우의 표정이 한결 부드러워졌다. 지우의 오빠가 어렵게 내뱉은 말들이 지우의 가슴속에서 울리고 있었다.

시우와 지우는 앞에 놓인 밀크셰이크를 마시며 웃고 있다.

계단으로 한 손님이 커피를 들고 올라온다. 지우의 담임 선생님은 헐레벌떡 뛰어 올라와 손님을 붙들고 조용히 말한다.

"손님, 2층은 지금 공사 중이라 1층을 이용해 주세요."
"예, 알겠습니다."

하지만 이 소리는 지우와 시우의 귀에 닿는다. 그리고 이를 지켜보던 나와 두 남매는 미소를 짓는다. 어둠의 늪 속으로 빠져들던 지우에게 손을 내민 남선생님, 이를 지우는 잡고 서서히 빠져나올 수 있을까? 지금은 지우가 이겨 낼 수 있을 것 같은 생각이 강하게 든다.

지우와 시우는 일상 이야기를 나누며 즐거워 보인다. 남선생님도 2층으로 올라와 두 남매와의 대화에 동참한다.

"이야기는 잘 나누었나요?"
"예…"

남선생님은 미소를 짓는다.

"시우야, 이런 일로 선생님을 다시 보게 되면 어떻게 될까요?"
"안 되겠죠."
"안 되겠죠?"
"그런 일은 절대 없을 거예요."

시우와 이야기를 나누던 선생님의 손이 떨린다.

"시우야, 만약에 이런 일이 한 번만 더 일어나게 된다면… 죽을 때까지… 내가!"

"예, 선생님. 알겠어요!"

"지우는 앞으로 이 선생님이 평생 지켜 주도록 할게요."

남선생님의 제자 사랑이 느껴진다. 하지만 '평생을 지켜 준다는 말을 지킬 수 있을까?'라는 의문이 든다.

"선생님, 우리가 어른이 되면 선생님도 이 일을 잊게 되지 않을까요?"

시우의 물음에 남선생님의 몸이 부르르 떨리기 시작한다. 그리고 앞에 놓인 유리컵을 들어 탁자에 그대로 내려친다. 이를 지켜보던 지우, 시우 그리고 나는 그대로 온몸이 굳어 버렸다. 남선생님의 손에서는 피가 철철 흘러내린다.

"시우야, 이게 선생님의 진심이에요!"

남선생님의 진심이 느껴진다.

뚝뚝 떨어지는 핏물. 세차게 내리는 빗물. 그리고 눈물.

중력에 따라 아래로 흐르던 모든 것들이 멈추고 다음 상황을 내게 보여 준다.

나를 찾아온 지우의 현 모습. 어른이다. 비극의 결말이 점점 다가오고 있음을 여느 때와 같이 나는 느끼고 있었다. 웃고 있는 지우의 어머니 사진 주위로 많은 음식들이 준비되어 있었다.

"야, 지우, 어머니 제사 때는 좀 빨리 와서 도와주면 안 되냐?"
"나도 일 끝나고 바로 온 거야!"
"아이고, 저 답답한…."

성인이 된 지우와 시우가 티격태격한다. 한 젊은 여성이 제사 음식들을 나르며 불만이 가득 섞인 어조로 이야기한다.

"아니, 아가씨! 결혼은 안 하세요? 일부러 나만 고생시키려고…."

옆에서 얄밉게 지우 오빠 시우는 비웃으며 말한다.

"쟤, 남자 극혐하잖아. 그래서 지금까지 남자 친구를 사귄 적이 없어."

내 주먹으로 얼굴을 후려치고 싶다는 생각이 강하게 든다. 남선생님 앞에서 반성하던 모습과는 너무나 달랐다. 분명 과거 자신이 했던 행동들을 알 텐데… 아닌가? 어린 시절이라 다 잊어버렸나?
지우의 눈시울이 뜨거워지며 눈물을 보이려 한다. 그리고 재빨리 자리에서 일어나 베란다로 향한다. 찬 바람을 맞으며 눈물이 최대한 마르게 노력한다. 환하게 빛나는 달빛이 너무나 야속하다.

성인이 되기까지 지우는 그 감정들을 고스란히 안고 살았던 걸까? 너무나 고통스러웠을 텐데…. 남선생님이 지우를 위해 한 행동들은 효과가 없었던 걸까?

다음 장면을 마주하기 무서워진다. 이 가련한 소녀가 정신적 고통에서 벗어나기 위해 자신의 생명 끈을 자를 것이 분명하게 보이고 느껴졌다.

밝게 빛나는 달빛을 가득 메운 공간이 사라지고, 다른 시공간의 모습이 나타난다.

한 병원 중환자실. 중환자실 앞에서 울고 있는 지우. 그리고 중환자실에서 나오는 의사 선생님을 잡고 흔든다.

"우리 선생님 왜 죽어 가고 있는 거예요?!"

"지금 몇 번을 이야기합니까. 자살 시도라고요! 스스로 목숨을…."

"그럴 리가 없어요! 뭣 때문에!"

"저도 그것까지는 잘 모르겠는데…. 기억을 지우고 싶다고 여러 번 말했었어요."

"자살인지 어떻게 확신하세요?"

"왜냐하면 기억을 지우는 약의 치사량을 누구보다 잘 알고 있었거든요. 자기가 죽어서도 그 기억들이 없어졌으면 한다고 여러 번 말했었어요."

"제발 살려 주세요. 선생님이 자살로 죽으면 절대 안 돼요!"

"이유가 있나요?"

"제 마지막 희망이고, 절 지켜 주신다고 하셨어요!"

"참으로 안타깝네요. 저는 다음 환자가 있어서, 이만. 힘내세요."

중환자실 앞에 털썩 주저앉아 너무나 슬픈 소리를 내며 통곡한다. 남선생님이 자신의 생명을 스스로 단정 짓고 누워 있는 모습이 내게 너무나 낯설게 다가온다. 제자 입에서 나온 자살이란 단어에, 화들짝 놀라 하던 과거 모습이 지금과 대조를 이룬다.

한참을 울던 지우는 무거운 몸을 질질 끌며 병원 옥상으로 향한다. 그리고 옥상 난간에 올라 산 중턱에 걸린 붉은 석양을 바라본다. 지우의 눈가에 흐르는 눈물이 석양의 빛에 반사되어 붉게 빛난다. 따스한 바람이 지우의 눈물을 닦아 준다. 그리고 자신의 슬픔을 씻겨 준 따스한 바람 위로 지우는 몸을 맡긴다.

붉은 석양이 더욱더 밝게 빛나며 나에게 보인 과거의 기억 모습들이 사라진다.

김이 모락모락 올라오는 찻잔 위로 지우와 나는 말없이 한참을 바라보고 있다. 너무나 가슴 아픈 과거의 기억들이 서로에게 공유되어, 말을 하지 않아도 지우와 나는 서로를 위로하고 있었다.

"지우 양, 가슴 아픈 인생이었어요. 뭐라고 위로해 드려야 할지…"

"괜찮아요."

"아니에요. 너무나 가슴 아픈 일들이 많았네요."

"괜찮아요…"

살며시 미소를 지으며 지우가 차를 마신다. 마음이 안정되어 감을 느낀다. 그래서 마음 편안하게 대화를 이어 나가 보려 한다.

"지우 양, 어렸을 적에 겪었던 그 끔찍한 일들을 보았어요. 많이 슬펐죠?"

"그때의 저는… 지금보다 몇 배는 더 힘들었어요."

"그때 목숨을 끊으려고 했었죠?"

"생각하기도 싫은 기억들이… 내 몸과 함께… 사라지기를 바랐죠."

"그렇군요. 저는 그 어린 시절의 오빠를 보며 어떤 생각이 들었는지 아시나요?"

"아뇨…"

"집 안에 있던 야구 방망이로 대가리를… 흠… 죄송합니다."

"하하하…. 하하."

지우가 웃는다. 지우의 웃는 모습에 나도 미소로 답해 준다.

"변한 게 없으시네요."
"지우 양, 제가 원래 거친 사람이에요. 하하!"
"아무튼, 감사합니다."
"제가 뭘 한 게 있나요? 그저 들어 주기만 할 뿐…."

밖에서 불어오는 따스한 바람이 창문 틈으로 스며든다.

"지우 양, 그 지옥 속에서 손을 내민 사람이… 선생님…?"
"예…. 그때 선생님이 내게 내민 손은 너무나 따뜻했어요!"
"다행이었어요, 지우 양이 그 손을 용기 내어 잡아 주었다는 것
이…."

지우 양의 눈가가 촉촉해진다. 슬픔의 눈물과는 의미가 달랐다.

"지우 양! 그럼 왜 자신의 목숨을 끊은 것인가요? 분명 과거에서
도 선생님께서 생명을 소중히 생각해야 한다고…. 그리고 서로 약
속했는데…. 궁금해지네요."
"중학교를 졸업하고 선생님을 한 번도 만나지 않았어요."

"이유가 궁금해지네요."

"저에게 있어서 유일한 희망이자, 삶의 동아줄이었거든요."

"조금만 더 쉽게 설명해 주실 수 있나요?"

"선생님의 모습이 조금이라도 변화한다면, 나를 지탱해 줄 수 있는 힘이 사라질 것이란 생각이 강하게 들었어요. 제 기억 속에 삶의 희망으로 남겨야 했어요. 저 굉장히 이기적이죠?"

"아뇨, 전혀요."

"그 끔찍한 기억에서 나를 지켜 줄 유일한 방어였거든요. 사실, 성인이 되면서… 오빠를 보며 웃고는 있지만, 돌아서면 그날의 기억들이 나를 너무 힘들게 했어요. 남자에 대한 혐오심마저 생겨서 근처에 가지 못하게 됐고…. 일부러 여고, 여대까지 가게 되었어요."

"눈물 나게 힘든 순간들이 많았군요."

"그런데 희망이란 단어가 조금씩 부풀어 올랐어요. 어렸을 적, 나를 지켜 주던 선생님께서 항상 나를 지켜봐 주시고… 바라봐 주시고…."

지우 양이 흘리는 눈물의 농도가 진해졌다. 나는 따스한 차를 마시라며 살며시 손짓을 하였다. 지우 양이 마음의 안정을 찾은 모습을 확인한 후에야 다시 이야기를 이어 나갈 수 있었다.

"지우 양, 마지막 병원에서 있었던 그 마지막 모습…. 많은 사연이 담겨 있겠죠?"

"살면서 힘든 순간들이 갑자기 몰아서 왔었어요."

"오빠의 그 기억 때문인가요?"

"그 기억은 일부분에 지나지 않았어요. 힘든 순간들을 마주하면서 갑자기 선생님을 만나 보고 싶단 생각이 들었어요. 보고 싶기도 했고, 용기가 생기기도 했고…,"

"그래서 선생님과 이야기는 나누었나요?"

"늦었어요. 제가 너무 늦었어요!"

지우 양의 감정이 갑작스럽게 불안정해진다. 밖의 창문을 얇은 빗물이 일정한 박자로 때리기 시작한다.

"지우 양, 그럼 병원에서 봤던 그 상태가…,"

"예…. 선생님에게 꼭 해 주고 싶은 말이 있었는데… 못 했어요."

"참으로 안타깝네요."

"선생님이 곧 죽는다는 의사의 말이 나를 감싸 주었던 방어막을 사라지게 만들었어요. 그리고 온갖 슬픈 기억, 감정 등등이 나를 옥상에서 떠민 것 같아요."

"음… 그렇군요. 갑작스러운 충격이 지우 양을…. 슬프네요."

불안정하던 지우의 심리가 따스한 차를 마시며 안정되어 간다. 나는 기다리고 또 기다린다. 빗물은 잦아들고, 가느다란 햇빛이 창문을 통과하며 들어온다.

"지우 양, 자신의 목숨을 스스로 끊은 것에 대해서 어떤 생각이
드나요?"

"한 번쯤 마음의 여유를 좀 더 가져 보려 노력했다면… 지금은
늦었겠죠?"

"그렇죠. 돌아올 수 없는 선택의 발판에 발을 내딛었으니… 안
타깝네요."

"넓게 펼쳐진 바다를 보며, 한 카페에 앉아 지금처럼 이야기를
나누었다면… 제 다음 이야기도 존재했겠죠?"

"나라는 존재가 너무 가혹하네요. 현실에서 지우 양을 만나게
해 주지…"

지우 양이 또 미소를 짓는다. 떠나는 지우 양의 마음을 덜어 준
것 같아 나 또한 기분이 한결 편안해진다.

아름답고 슬픈 찻잔 위로 수증기가 옅어져 간다.

"지우 양, 이제 떠날 시간이네요."

"저는 저 노랗게 물든 문을 통과하면 되는 건가요?"

맑게 웃는 지우의 표정을 보고 있자니, 눈물이 앞을 가린다.

"지우 양, 저, 아니에요…."

지우 양은 나에게 고개를 숙인 후 노랗게 물든 문의 손잡이를 잡는다. 그리고 말한다.

"선생님, 선생님! 정말 고맙고… 고맙고… 미안하고… 죄송해요."

눈물을 뚝뚝 흘린다. 이 모습에 나는 화들짝 놀라 지우 양에게 다가간다.

"아니에요! 제가 더 마음을 풀어 드렸어야 했는데…."
"…."
"지우 양, 간절히 원했던 무언가가 있으면 말해 주세요! 제가 노력해서… 그 부분을…."
"아니에요, 하하. 이미 이루었는걸요!"
"예…?"
"제 이야기 들어 주셔서 감사했습니다!"

지우 양은 노랗게 물든 문을 열고 한 발자국씩 걸어 나간다. 처음과는 다르게 발걸음이 가벼워 보인다. 나는 '내가 마음의 짐을 덜어 주긴 한 걸까?' 찻잔을 치우며 혼자만의 생각을 펼쳐 본다.

언제나 그랬듯 지친 나의 마음을 위하여, 자연은 변화한다. 창문 밖으로 새가 아름답게 지저귀며, 맑은 시냇물이 예쁜 꽃들의 인사를 받는다.

나를 만나고 떠나는 사람들은 어떻게 될까? 나는 누구이며, 언제까지 여기서 망자들의 이야기를 들어 주어야 하는 걸까?' 머릿속이 점점 복잡해진다. 머릿속이 복잡해지는 만큼, 환경은 나를 위로하기 위해 계속해서 변화한다.

4장

아름다운,
슬픈 야경

마음이 안정되고, 시냇물 소리가 귀에 들리기 시작한다. 이 소리는 나에게 달갑지 않다. 몇 시간, 아니, 몇 분 뒤면 누군가가 저 문으로 들어올 것이기 때문이다. 나는 자리에서 일어나 세상에서 가장 귀하고 아름다운 찻잔을 꺼냈다. 그리고 끓인 물에 따스한 향이 나는 꽃잎 하나를 올려놓았다. 식탁에 앉아 마지막 찻잔을 반대편에 위치해 놓고 누군가를 기다리며 눈을 감았다. 눈을 감은 어두운 세상 속에서 구슬픈 가락들이 덩실덩실 춤을 춘다. 그리고 그 소리는 더욱더 커지며, 어느 순간 멈춘다.

똑똑. 문을 두드리는 소리가 들려온다.

"들어오세요!"
"여기는 어딘가요?"
"기다리고 있었습니다. 앉으세요."
"예? … 예."

눈물을 잔뜩 머금은, 20대 후반처럼 보이는 한 여성이 슬픈 표정을 짓고 있다. 언제나 그랬듯이 나는 여성에게 따스한 차를 마셔보라고 말했다. 여성은 흐르는 눈물을 따라 자신의 얼굴을 식탁 위로 파묻는다. 나는 잠시 기다려야 했다. 위로라고 내뱉는 나의 말들은, 이 여성을 더욱더 아프고 슬프게 만들 수 있었다.

흐느끼는 여성의 소리가 잦아들었다. 여성은 나를 힘겹게 바라보며 물었다.

"저는 여기에 왜 있는 거죠?"
"자신의 생을 스스로 마감한 사람들이 지나가는 마지막 여정입니다."

이에 나는 낮은 목소리로 대답했다.

"그럼 저는 지금 죽은 건가요?"
"예, 그렇습니다. 아니⋯."
"너무나 슬프고 힘겹기만 한 인생이었네요."
"안타깝습니다."
"⋯. 저는⋯ 제 인생은⋯."

여성이 말을 잇지 못한다. 떨어지는 눈물의 농도가 진해진다.

"여기 따스한 차가 준비되어 있습니다."
"감사… 합니다."

여성은 힘겹게 찻잔을 들고 따스한 차를 조금씩 목구멍으로 넘긴다. 여성의 마음이 점점 안정되어 가고 있음을 나는 온몸으로 느끼고 있었다.

"저기… 요? 뭐라고 불러야 할지…."
"편하게 선생님이라고 불러 주세요. 저는 그럼 호칭을…."
"미나예요, 제 이름은."
"아, 미나 양…. 알겠습니다."
"선생님, 이곳은 심리 상담소 같은 곳인가요?"
"예? 하하, 음… 저도 잘 모르겠네요."
"아, 잘 모르신다니…. 신기하네요."
"미소를 보이시니 제 마음이 한결 가벼워졌네요."
"미소요? 하하! 제가 잘 웃어요, 원래…."

미나 양은 이야기를 하는 동안 입가에 미소를 항상 짓고 있었다. 처음에 보였던 슬픈 모습들은 전혀 보이지 않았다. 하지만 나는 느끼고 있었다, 지금 짓고 있는 미소 뒤로 어마어마한 슬픔이

존재하고 있다는 것을. 이 시공간에서는 미나 양과 나의 감정선들
이 매우 촘촘하게 연결되어 있었다. 그래서 나는 미나 양의 웃음
이 더욱더 애달프게 다가왔다.

"선생님, 감사합니다. 이제 저는 일어나 보도록 하겠습니다."
"아직 차가 남았는데요."
"아뇨, 일어나겠습니다. 어디로 나가면 되나요?"

나는 오른손을 들어, 무색의 한 출입문을 손으로 가리켰다. 미
나 양은 미소를 지으며 출입문을 향해 조용히 걸어 나갔다. 발걸
음의 소리는 정확한 박자에 맞춰 내 귀에 꽂혔다. 떠나는 미나 양
의 모습 속에는 자연스러움을 가장한 인위적인 모습의 냄새가 강
하게 진동하였다. 문 앞에서 잠시 멈춘 미나 양. 나는 조용히 한마
디를 던졌다.

"슬퍼요."

미나 양은 자리에 털썩 주저앉아 오열하기 시작한다. 미나 양도
느끼고 있었을 것이다, 나와 미나 양의 심리적 감정선들이 매우 가
깝게 연결되어 있다는 것을…. 그리고 내가 이미 미나 양의 아픔
을 느끼고 있다는 것을…. 우리는 서로 느끼고 있었다.

"미나 양, 차가 아직 남았습니다. 이리 오세요."

"차가 남았었군요."

출입문에서 돌아오는 미나 양의 발걸음은 좀 전과는 달랐다. 눈물을 잔뜩 머금고 걸어오는 미나 양의 모습은 다소 어설프긴 하였지만, 자연스러웠다. 이 불쌍한 한 영혼의 아픔을 얼마나 어루만지고 달래 줄 수 있을지는 장담하지 못한다. 하지만 나는 미나 양이 저 무색의 문을 통과할 때, 저 문이 의미 있는 색으로 변화하게 하고 싶다. 그것이 나의 존재 이유였다.

"미나 양, 차를 마시며 좀 더 이야기를 나눠 봐요."

"예, 선생님."

찻잔 위로 피어오르는 수증기 사이로, 잔뜩 눈물을 머금은 미나 양이 보인다. 상당한 미인이었다.

"선생님, 저의 기분을 느끼고 계시죠?"

"예… 아마도요."

"그렇군요…. 저의 이야기를 들어 주시기 위해 있으신 건가요?"

"음, 그렇죠…. 하지만 이게 맞는 건지는 저도 잘 모르겠어요."

"그러시구나. 아마도 좋은 일을 하시는 것 같아요. 너무 걱정하지 않으셔도 돼요."

미나 양이 나에게 따스한 말들을 건넨다. 찻잔을 살며시 내려놓고 나를 보며 미소 짓는 미나 양. 미나 양의 미소 뒤에 존재하는 뼈아픈 아픔을 나는 보아야 한다. 그리고 함께 이야기 나누며, 미나 양이 세상에서 하나밖에 없는 소중한 존재임을 느끼게 해야 한다. 미나 양이 저 투명한 문을 나실 때, 유의미한 색깔들로 변화하게 해야 한다.

'하지만, 하지만… 이미 목숨을 끊은 자에게 의미가 있을까? 미나 양을 더욱더 아프게 하는 것이 아닐까?'

아니다. 위로해 주고 싶다. 그냥 저 투명한 문으로 미나 양을 보내 버리면, 내 자신이 너무 힘들어진다. 나를 위한 일인 걸까? 머리가 아프다. 이때, 미나 양이 미소를 지으며 손짓한다.

"선생님, 고민이 많아 보여요. 따뜻한 차를 마셔 봐요."

위로받는 나의 모습에 절로 미소가 지어진다. 따스한 차를 한 모금 마시며, 대답했다.

"미나 양, 감사해요. 걱정해 줘서."
"선생님, 아니에요. 위로받고 있는 기분이 들어요."

눈물이 고인 눈동자 속에 내 모습이 비친다. 그리고 나는 그 눈동자를 바라보며 물었다.

"미나 양, 왜 자신의 삶을 스스로 끊게 되었는지 말해 줄 수 있나요?"

"저는 그냥 쓰레기 같은 존재였어요."

"쓰레기라…. 이렇게 예쁘신데요! 너무 예쁜… 아, 죄송합니다."

"하하…. 저는 계속해서 버림만 받았어요."

"이렇게 예쁘신데 대체 어쩌다…."

미나 양은 애써 미소를 지으려고 노력한다. 미나 양의 입술이 파르르 떨린다. 나는 멍하니 미나 양의 눈동자를 바라보았다. 미나 양도 나의 눈을 힘없이 쳐다보고 있었다. 어느 정도의 시간이 흐르고, 나는 미나 양에게 오른손을 내밀었다. 미나 양은 고개를 살짝 숙인 후에, 나의 오른손 위로 손을 올려놓았다.

그리고 맞잡은 손의 온기를 따라 과거 어느 순간으로 우리는 향했다. 그곳은 미나 양의 과거 한 지점이었다.

바구니에 담겨 울고 있는 한 아기. 미나 양이랑 너무 닮았다. 내리쬐는 햇빛 아래에 아기가 눈을 계속해서 깜빡이며 웃는다. 긴 머리를 하고 원피스를 입은 한 여성이 아기를 보며 눈물을 흘리고 있다. 이 여성은 자리에서 일어나 건물의 벨을 누른다. 그리고 아기가 담긴 바구니를 문 앞에 놓은 후에, 돌아선다.

"미나야, 미안해…. 정말 미안해…!"

그렇게 속삭이며 수많은 군중 속으로 몸을 숨긴다. 나는 천사처럼 웃고 있는 미나 양의 눈동자를 바라보았다. 아기의 눈동자에 비친 건물의 간판이 보인다. '사랑보육원'.
아기는 내가 보이는지, 나의 눈을 응시하며 계속해서 웃는다. 마음이 너무 아프다.

시공간이 바뀌어 여학생들이 열심히 공부하고 있는 교실을 보여준다. 맨 앞에 앉아 열심히 공부하고 있는 미나 양이 보인다. 밖에서는 쉴 새 없이 소나기가 듣기 좋게 내리고 있다. 쉬는 시간을 알리는 종이 울린다. 미나 양에게 한 친구가 다가와 말한다.

"미나야, 이번 중간고사 정리한 것 좀 빌려줄 수 있어?"
"응…. 근데 힘들게 정리한 거라서… 너만 봐야 해!"
"당연하지! 너랑 나랑 베프잖아!"
"응… 그래!"
"미나야, 따라와! 매점 가자! 내가 한턱 쏠게!"

착하게 웃고 있는 미나 양은 친구를 따라 매점으로 향한다. 이 둘의 뒷모습에서 베프의 향기가 진하게 난다. 힘든 고등학교 생활에 서로 큰 힘이 되는 듯 보인다.

'미나 양은 이 과거의 모습을 내게 왜 보인 걸까?'

힘든 공부에서 잠시 벗어나 맛있는 것을 사서 먹으며, 서로에게 미소 짓는 모습이 행복해 보인다. 하지만 무언가 모를 불안감이 엄습해 온다. 이 아름다운 모습 뒤에, 분명 큰 불행 또한 느껴졌다.

"미나야, 항상 너한테 고맙게 생각하고 있어!"
"나한테? 왜?"
"너는 내 공부도 도와주고, 예쁘고, 사랑스럽고…"
"지우야, 네가 더 예쁜 것 같은데…"
"아니야. 그럼 우리 예쁜 사람끼리 영원히 베프 하는 거야!"
"응…. 알았어! 좋아!"

미나 양이 친구의 말에 웃음으로 화답한다. 든든한 친구가 옆에 있어서 참 다행이란 생각이 든다.

따스한 햇살이 더욱더 밝게 빛나며 시공간이 변화한다.

선생님이 학생들에게 시험 성적표를 나눠 주고 있다.

"여러분들! 이번 중간고사 때 열심히 공부했나 봐요! 다 성적이 올랐어요!"
"선생님이 잘 가르쳐 주셔서 그런 거 아닌가요?"
"에이! 그런가요? 하하, 고마워요! 그런데 한 명만 등수가 많이 떨어졌네요."

선생님이 미나 양을 무표정으로 쳐다본다. 미나 양은 고개를 떨구고 자신이 받은 성적표를 바라본다. 선생님은 계속해서 말을 이어 나간다.

"1등에서 7등까지 떨어졌네요. 혹시 집에 안 좋은 일이라도 있나요?"
"아니에요."

미나 양은 힘없이 대답을 한다.

"미나야, 잠깐 교무실로 와요."

미나 양은 선생님을 따라 교무실로 향한다. 갑자기 쏟아지는 소나기.

"선생님, 저 잠깐 교실 좀 다녀올게요!"

"왜요? 뭐 놓고 왔나요?"

"제 옆자리 창문을 조금 열어 놓고 온 것 같아요."

"예, 빨리 갔다 와요. 선생님도 시간이 없어요."

빠른 걸음으로 돌아가는 미나 양. 발걸음의 소리는 소나기 소리에 먹혀 조용히 묻힌다.

교실 문에 멈춰 무언가를 바라보는 미나 양. 나는 재빨리 뛰어가 미나 양이 응시하는 곳을 바라보았다. 미나 양과 매점에서 웃고 떠들던 여학생이 창문을 열고 있었다. 소나기의 빗물이 미나 양의 소지품들을 적시고 있었다. 이를 지켜보는 모든 학생들이 비웃고 있었다. 미나 양은 털썩 주저앉아 초점 잃은 눈을 하며, 큰 충격에서 쉽게 헤어 나오지 못하고 있는 듯 보였다. 소나기 소리 사이로 미나 양의 베프라고 여겨졌던 학생의 목소리가 들려왔다.

"야, 너희들, 나한테 감사하게 생각해! 내가 저 거지 새끼랑 친한 척하기 얼마나 힘든 줄 알아? 미나, 고아원에서 학교 다니잖아! 어렸을 때 엄마가 버렸대. 진짜, 내가 그 공부만 아니면 저 거지 새끼랑 같이 안 다닐 텐데… 사는 게 힘들다, 얘들아!"

처음 나를 찾아왔던 미나 양의 모습처럼 너무나 슬퍼 보인다. 어렵게, 어렵게 자신의 마음을 열고 믿었을 텐데. 쓰레기 같은 친구가 미나 양의 영혼을 갈기갈기 찢고 있었다.

"닥쳐, 쓰레기 같은 자식아!"

달려가서 여학생의 얼굴을 바라보며 욕을 날리지만, 이 시공간에서는 어떠한 물리력도 행사할 수 없었다.

'버림'. 그 단어가 계속해서 머릿속을 맴돌고 아프게 다가온다.

눈을 감고 다시 떴을 때, 시공간이 바뀌어 있었다.

땅바닥을 사정없이 쳐 대는 소나기 소리로 시공간이 바뀌었음을, 청각이 시각보다 먼저 알게 해 주었다. 일정한 박자로 떨어지는 빗소리. 어둠이 내려앉은 서울 한 다리 위를 미나 양은 계속해서 걷고 있었다. 많은 차들과 가로등이 내뱉는 엷은 빛들은, 떨어지는 빗물에 산란되어 어둠을 조금이나마 밝히고 있었다. 미나 양은 이 빛들의 안내를 따라 긴 다리 한가운데로 걷는다. 나는 힘없이 걷는 미나 양의 뒤를 따라 걸으며 많은 생각에 잠긴다.

'미나 양의 마지막은 지금이 아닐 텐데, 과연 무슨 일이 있었던 걸까?'

미나 양의 끝은 이곳이 될 수 없었다. 하지만 마지막이라는 단어와 지금의 상황은 너무나 잘 어울렸다. 미나 양이 다리 가운데 난간을 잡고 한 발을 올려놓는다. 그리고 어둠으로 내려앉은 강바닥을 힘없이 바라본다. 나는 가까이에서 미나 양의 두 눈을 바라보았다. 흐르는 미나 양의 눈물을, 내리는 빗물이 재빨리 씻겨 가게 하였다.

슬프다. 조금만 움직인다면 미나 양의 생은 끝이 나게 될 것이다. 이 모습을 지나가는 운전자들은 분명 보고 느끼고 있을 것이다.

'자신의 길을 가는 것도 중요하지만, 잠시 시간을 내어 따뜻한 손과 말 한마디를 건네는 것이 그렇게 어려운 걸까?'

인정사정없이 내리는 빗물이 미나 양을 빨리 떨어지라고 재촉하는 것 같다. 나는 미나 양의 오른손 위로 두 손을 올려놓았다. 시공간은 다르지만 나의 마음이 전달되었으면 하는 바람이었다. 어쩌면 욕심이었다. 무언가를 결심한 미나 양의 표정. 그리고 몸에 힘이 들어가며 자신을 어두운 강 속으로 던질 준비를 마친다.

이때 나의 심장을 관통하여 따뜻한 손이 미나 양의 손을 덥썩 잡는다. 나와는 다른 시공간이지만 따스한 손길이 내 온몸에 전해진다. 그리고 그 따스한 온기는 미나 양에게 그대로 전달된다.

"추운데 뭐 하시는 거예요? 제가 잡고 있으니 조심히 내려오세요!"
"…. 아니…."

한 남성이 미나 양을 쳐다보며 무서운 표정을 짓는다. 남성의 기에 눌렸는지 아니면 놀라서인지, 미나 양은 난간에서 내려온다. 미나 양의 두 눈에서는 뜨거운 눈물이 흘러내린다. 무섭게 내리는 빗물이 미나 양의 눈물까지는 쉽게 씻기지 못한다.

"희망을 가져요! 어린 학생이…. 아니, 미안해요…. 사정이 있었을 텐데."

남성이 미나 양을 바라보며 눈물을 흘린다. 남성의 눈도 사연이 있는 듯 매우 슬퍼 보인다. 힘없이 넘어지려 하는 미나 양을 남성이 껴안는다. 떨어지는 빗물 속에서 미나 양과 남성은 자신들의 감정을 눈물로 표현한다. 그리고 서로를 위로하며, 차가운 현실 속에서 서로를 따스하게 만들고 있었다. 다음 장면이 기대된다.

빗물 소리가 점점 잦아들며 시공간은 따스한 햇살이 비추는 한 공원을 만들어 낸다.

"미나야, 우리가 만난 지 벌써 6년인 거 알아?"
"오빠! 그렇게 오래됐어?"

사소한 대화들이 오간다. 공원 잔디에 두 사람은 누워서 구름한 점 없는 하늘을 바라본다. 시원한 바람이 계속해서 불어온다.

미나 양의 얼굴에서 전에 볼 수 없었던 편안함, 행복감이 느껴진다. 남성은 주머니에서 무언가를 꺼내며 자리에서 벌떡 일어난다.

"미나야, 이것 좀 받아 줄래?"

남성의 이마에서 식은땀이 줄줄 흘러내린다.

"오빠, 이거 뭐야?"
"나! 너랑 결… 혼… 하…"

미나 양도 오빠의 청혼에 놀랐는지, 눈동자와 손이 떨리기 시작한다. 미나 양은 떨고 있는 오빠를 바라보며, 담담하게 반지를 받아 손가락에 낀다.

"오빠, 이 반지 죽어서도 안 뺄게!"
"그 약속 꼭 지켜야 해."
"응, 꼭 지킬게! 그럼 오빠도 약속 하나만 해 줘!"
"뭔데?"
"사랑한다는 말, 꼭 해 줘! 결혼 전에, 듣고 싶어."
"사… 랑…. 알았어! 꼭 결혼 전에는…"
"약속 지켜야 해. 나는 그 말이 꼭 듣고 싶어!"
"꼭 지킬게…!"

두 사람이 입을 맞춘다. 맞댄 얼굴과 얼굴 사이로 엷은 빛들이 들어온다. 그 빛들이 이 둘의 아픈 과거를 치유해 주고 앞날을 더욱 밝게 해 주었으면 하는 생각이 강하게 들었다.

밝은 빛들은 서로를 바라보며 웃고 있는 미나 양과 남성의 모습으로 변화하였다. 입술을 여러 번 맞댄 후에, 껴안는다. 행복해 보인다. 미나 양은 남성에게 사진 한 장을 건넨다.

"오빠, 나 여기 너무 가 보고 싶어!"
"여기가 어디야?"
"야경이 너무 예쁘대. 부다페스트 국회의사당 건물인데… 야경이 너무너무 예쁘대!"

미나 양이 다소 흥분한 목소리로 남성에게 설명한다.

"미나야, 우리 신혼여행으로 여기 갈까?"
"진짜? 비싸지 않아? 유럽인데?"
"오빠가 그 정도 능력은 있지. 그리고 우리를 위한 신혼여행인데."
"진짜? 진짜? 벌써부터 너무 기대돼! 오빠랑 같이 야경을 보면 얼마나 행복할까?"
"오빠도 벌써 기대가 돼! 오빠가 꼭 약속 지킬게."
"진짜? 꼭 지켜야 해!"

둘 사이로 보이는 부다페스트 국회의사당. 그리고 다시 서로를 바라보며 행복한 표정을 짓는 미나 양과 남성. 과연 이 행복의 결말은 어떻게 끝을 맺을까? 무섭다.

시공간이 변화한다.

서울 시내 어느 한 카페. 미나 양과 남성은 커피를 마시며 대화를 나누고 있다. 남성은 조심스럽게 말을 꺼낸다.

"미나야, 나 헝가리로 출장을 가야 할 것 같아."
"오빠? 며칠 동안 가는데? 나도 가면 안 돼?"
"일주일 정도 걸릴 것 같아."
"일주일이나? 그 정도는 기다려 줄 수 있지!"
"우리 신혼여행으로 선택한 나라인데, 출장으로 먼저 가게 돼서…"
"괜찮아, 오빠. 일이 먼저지! 같이 보는 게 의미가 있는 거고. 오빠, 먼저 가서 실컷 구경하고 와! 나중에 나랑 또 실컷 보자! 히히."
"미나야, 고마워!"
"조심히 잘 다녀오기나 해! 나 잊거나 버리면 안 돼, 알았지?"
"오빠가 매일매일 전화할게! 우리 공주님, 조금만 기다려 줘."

남성의 출장 소식에 다소 실망한 표정을 짓는 미나 양. 하지만 미나 양은 자신의 감정보다 남자의 마음을 먼저 살피는 것 같다. 미나 양은 계속해서 미소를 짓는다. 어딘가 모르게 수척해진 남성의 모습. 살이 많이 빠진 것 같다.

"오빠, 건강부터 챙겨. 몰골이 말이 아니야. 일도 중요하지만, 오빠 건강이 먼저야."
"오빠 얼굴 많이 상해 보여?"
"응…. 나 너무 걱정이 많이 돼!"
"일 때문에 잠을 잘 못 잤더니…. 걱정하게 해서 미안해."
"결혼하면 내가 매일매일 따뜻한 밥 해서 먹일 거야!"
"하하! 아이고… 금방 돼지 되겠네!"

남성은 미나 양과 이야기를 나눌수록, 얼굴에 생기가 점점 생기는 것 같다.
출장이라는 단어가 불행의 시작점일 것 같은 예감이 든다. 많은 사람들의 과거를 만나면서, 내 몸은 본능적으로 반응을 하게 되었다. 불행의 시작점에서….

시공간이 서서히 변화한다.

절규하는 미나 양의 목소리. 나는 두 눈을 질끈 감았다. 눈을 뜨고 상황을 마주할 용기가 생기지 않았다. 미나 양의 목소리뿐만 아니라, 다른 사람들의 슬픈 목소리가 섞여서 들려왔다. 분명 남성의 이름을 부르며 오열하고 있었다.

나는 힘겹게 눈을 뜨고, 향초에서 피어나는 희미한 연기 사이로 남성의 영정 사진을 마주하였다. 행복한 장면들을 마주하다가, 영정 사진을 마주한 나에게는 엄청난 충격으로 다가왔다. 하지만 미나 양이 받았을 충격에 비하면 아무것도 아니었다.

장례식장에서 밥을 먹고 있는 두 여자의 대화가 내 귀를 자극한다. 나는 그곳으로 좀 더 가까이 다가갔다. 단발인 여성은 작은 목소리로 이야기를 시작한다.

"있잖아, 왜 죽었는지 들었어?"

"아니! 뭔데? 왜 갑자기 죽은 거야? 결혼 날짜까지 잡아 놓고."

"자살했대! 빚 내서 투자했는데…. 다 휴지 조각이 됐대!"

"설마. 너 어떻게 알았어?"

"내 뒤에 보이지? 저 사람들이 사채업자잖아! 여기서 나오는 조의금까지 챙기려고 기다리고 있는 거래!"

"안됐네, 안됐어! 참 좋은 사람인데. 저기 저 불쌍한 사람을 남겨두고…."

"근데 더 충격적인 게 뭔지 알아?"

"또 뭔데?"

"부다페스트 국회의사당, 그 야경 알지? 그 근처 다리…."

"야경으로 엄청 유명하잖아!"

"그 다리에서 떨어졌대…."

나는 이들의 대화를 들으며 영정 사진을 바라보았다.

'도대체 왜 하필 그곳에서…. 그 장소는 행복과 꿈으로 시작되어야 할 약속의 장소인데….'

도저히 믿을 수가 없었다. 엎드려 오열하고 있는 미나 양의 눈을 자세히 바라보았다. 삶의 의미를 잃은, 초점이 없는 눈으로 눈물만 흘려보내고 있었다. 나는 미나 양의 어깨에 손을 올리고 함께 눈물을 흘렸다. 가엾은 여인을 나는 진심을 다하여 위로하였다. 다음 장면은 정말 마주하기 싫은 상황이 펼쳐질 것 같은 예감이 들었다.

피어오르는 향초의 연기가 방 안을 가득 메우고, 연기가 점점 희미해지며 새로운 시공간으로 나를 안내했다.

아름답다. 사진에서 봤었던 부다페스트 국회의사당. 그 앞에는 빠른 유속으로 물이 흐르는 강이 존재하였다. 어둠 속에서 밝게 빛나는 국회의사당의 모습이 강물에 반사되어 나의 눈에 들어왔다. 미나 양이 왜 이곳을 오려고 했었는지 이해가 되었다. 미나 양은 벤치에 앉아 부다페스트 국회의사당을 멍하니 바라보고 있었다. 미나 양의 두 눈에서 흐르는 눈물이, 선선하게 부는 바람에 의해 금방 말라 갔다.

"저기 죄송한데… 사진 한 장 찍어 주실 수 있나요?"
"예, 예…. 찍어 드릴게요!"

남녀 커플이 미나 양에게 사진을 찍어 달라며 부탁한다. 남녀 커플 사이로 보이는 부다페스트 국회의사당의 모습을 바라보며, 잠시 카메라를 내려놓는다. 그리고 미나 양은 다시 미소를 지으며 사진을 찍는다.

"고맙습니다. 감사해요!"
"잘 어울리세요!"
"저희, 신혼여행 왔거든요!"
"아… 예! 축하드려요!"

커플들이 떠나자, 미나 양은 말없이 부다페스트 국회의사당 야경을 바라본다. 눈물이 쉼 없이 흐르고, 바람이 미나 양의 눈물을 닦아 준다. 미나 양이 때론 웃기도, 울기도 하며 시간을 보낸다.
나는 자리를 벗어나 미나 양과의 거리를 넓혔다. 뒤에 서서 아름다운 야경을 바라보는 사람들의 모습을 바라보았다. 저 아름다운 건물이 누군가에는 행복을, 누군가에게는 슬픔을, 누군가에게는 희망을 주는 것같이 느껴졌다.

미나 양이 일어나 강물의 흐름을 따라 걷는다. 아름다운 야경이 조금씩 멀어진다.

갑자기 쏟아지는 빗물. 강물의 흐름이 더욱더 빨라졌다. 비를 흠뻑 맞으며 걷는 미나 양. 아름다운 건물에서 보내는 조명 빛이 걷고 있는 미나 양의 모습을 더욱더 애달프게 만든다. 조명을 아름답게 내뿜고 있는 한 다리 위. 미나 양은 비를 맞으며 어둠 속에서 밝게 빛나는 국회의사당 건물을 힘없이 바라본다. 다리 위에서 보이는 아름다운 건물의 야경이 너무나 야속하게 느껴진다.

미나 양은 다리 하나를 난간에 걸친다. 그리고 온 힘을 내어 몸을 난간 중앙에 위치시킨다. 바람만 살짝 불어온다면, 금방이라도 바닥이 보이지 않는 저 어둠 속으로 떨어질 것처럼 보인다. 따스한 바람이 불어온다. 미나 양은 난간에서 내려와 바닥에 앉는다. 계속해서 눈물을 흘린다. 어느 정도 시간이 흐른 후에 미나 양은 무거운 몸을 난간 위에 올려놓는다. 따스한 바람이 불어온다. 미나 양은 난간에서 내려와 바닥에 앉는다. 비가 내리는 슬픈 야경 속에서 미나 양은 계속해서 반복한다.

'이 느낌은 무엇이지? 도대체 무엇일까?'

따스한 바람이 내 귓가를 울리고 있었다. 생각에 잠겨 미나 양을 바라보고 있을 때, 멀리서 빨간 태양이 대지를 뚫고 오를 준비를 하고 있었다. 미나 양은 의미 없이 떨어지는 빗물을 받아 내며 갑작스럽게 몸을 강물 속으로 던진다.

떨어지는 빗소리가 점점 희미해지며, 시공간이 미나 양과 내가 서로를 바라보며 차를 마시는 공간으로 변화한다.

나는 미나 양의 손을 잡으며 긴 시간 동안 눈물을 흘렸다. 미나 양이 겪었던 심리적 아픔, 고통이 나에게 그대로 전달되었기에 눈물이 멈추지 않았다. 미나 양과 나의 찻잔 위로 피어오르는 수증기의 농도가 더욱더 진해졌다.

"미나 양, 너무나 가슴이 아프네요. 이렇게 고통스러운 삶이었을 줄은…"

"저는 태어나면서부터 버려진 존재였어요. 마지막까지…"

"아기였을 때의 미나 양을 봤어요. 그 순간부터 계속해서…"

"아니에요. 제가 고등학생 때 비 맞으며 갔었던 다리 보셨죠?"

"미나 양의 슬픈 눈이 아직도 생생하게 느껴져요."

"그때까지… 매일매일이 지옥이었어요. 세상이 나를 계속해서 버렸었거든요."

"그 치졸하고 나쁜 그년… 아니, 그 여학생을 보았어요."

"난 이미 버려졌었기에…. 혹시나 하고 생각을 했지만, 역시나였죠."

미나 양이 살아오면서 겪었을 심리적 고통이 너무나 아프게 다가온다. 그 오랜 시간 동안 안고 살았던 외로움이라는 감정이 나에게까지 조금씩 전달된다.

"미나 양, 따뜻한 차 한잔 마시며 이야기를 좀 더 나눠 봐요."

따뜻한 차를 조심스럽게 마시는 미나 양. 마음이 점차 안정되어 감을 느낀다.

"세상에서 가장 소중하고 특별한 미나 양, 저는 그렇게 생각합니다."

미나 양이 미소를 짓는다. 나의 낯 뜨거운 말에 긍정적으로 반응해 준 것이 너무나 고맙다.

"선생님, 사실 저도 제가 특별하고 소중한 존재라고 생각한 적이 있었어요."
"오빠를 만나면서… 맞죠?"
"예, 죽음의 문턱에서 오빠가 제 손을 잡아 줬을 때 저는 느꼈어요."
"삶의 의미? 소중한 존재?"
"예…. 아마도 그런 종류의 것들이요."
"그 오빠를 만나면서 행복했었죠?"
"정말 행복했었어요! 저는 정말 오빠에게 소중한 존재라고 생각되었으니까요."

미나 양이 옛 생각들을 떠올리며 입가에 미소를 짓는다. 하지만 이내 슬픈 표정을 지으며 눈물을 흘리기 시작한다.

"선생님, 그런데… 그런데… 그런 오빠가… 그런 오빠가…"

창문에 얇은 빗줄기가 그려지더니, 소나기가 내리기 시작한다.

"그분이 그런 선택을 했다는 것이 저도 믿기지가 않아요."
"오빠는 나와 끝까지 함께하기로 약속을…"
"너무나 가슴이 아프네요."
"오빠는 나를 끝내 버렸어… 요."
"버렸… 음…"

'버림'이라는 단어가 너무나 가슴 아프게 다가온다.

"미나 양, 오빠가 왜 사랑한다는 말을 쉽게 하지 못했나요?"
"사실… 오빠도 어렸을 때에 부모님께 버림받았어요."
"예? 그런 슬픈 사연이 있었군요…"
"오빠의 부모님이 유치원 때까지, 매일매일 사랑한다고 해 줬었 대요."

"그 말을 매일 듣다가… 음, 이해가 가요."

"그래서 오빠는 사랑한다는 말에 트라우마가 강하게 있어요. 자기 부모님처럼 되기 싫다면서…"

"미나 양은 결국 사랑한다는 말을 듣지 못한 거군요…"

"예. 슬프지만, 나를 버려도 되니까… 그 말이 너무 듣고 싶어요, 선생님."

미나 양의 감정 기복이 심하게 요동친다. 나는 오른손을 들어 미나 양이 차를 마실 수 있도록 권하였다. 미나 양의 눈물이 찻잔 위로 흐른다.

"부다페스트 국회의사당 너무 아름다웠어요!"

"선생님, 야경이 너무 예쁘죠?"

"예…. 신혼여행으로 함께 갔었으면 좋았을 텐데, 그곳이."

"예, 선생님. 오빠랑 함께 보기로 약속했었는데…. 슬프네요."

"미나 양은 그곳을 왜 마지막 장소로 선택하였나요?"

"그냥, 음… 저도 모르겠어요. 오빠가 있을 수도 있으니…"

"그랬군요. 혹여나 갑자기 살아 돌아와서 놀래켜 줄 수도…"

"농담도 참! 하하. 그곳이 내 삶의 의미의 끝이라 생각되었어요."

"왜 그렇게 생각하셨어요?"

"저는 이 세상에 버림받은 존재거든요. 하지만 오빠랑 함께 그리던 그 그림 속에서 생을 마감하고 싶었어요."

"이해합니다. 마음이 많이 아프네요. 위로해 드리고 싶어요."

위로라는 말에 미나 양이 눈물을 멈추고 다시 웃는다.

"선생님, 그런데 오빠는 왜 자살했을까요? 분명 나를 지켜 준다고 했는데…"
"저도 정말 믿기지가 않아요."
"오빠는 나를 사랑하지 않았던 것이 분명해요."
"음… 그건 아닌 것 같은데요."

미나 양의 슬픈 얼굴이 나의 말문을 막히게 만든다.

'그 남성은 정말 미나 양을 사랑하지 않았던 걸까?'

이 질문에 대한 답이 꼭 필요했다. 하지만 알 수 있는 방법이 전혀 떠오르지 않았다.
찻잔 위로 떠오르는 수증기가 옅어진다.

"선생님, 저는 그냥 이 세상에 쓸모없는 버림받은 존재였어요."
"아뇨, 절대! 미나 양은 세상에서, 아니, 누군가에게 분명 가장 소중하고 특별한 사람이었을 거예요."
"하하. 선생님도 과거의 기억 속에서 보셨으면서…. 이제 이게 의미가 있나요?"

"아니, 미나 양…."

"선생님, 이제 차는 다 마셨으니, 가 보도록 하겠습니다."

"이렇게 가시면… 아직…."

"제 이야기 들어 주셔서 정말 감사해요!"

미나 양이 눈물을 머금은 채 미소를 짓는다. 나는 한 것이 아무 것도 없었다.

'내가 오히려 쓸모없는 존재가 아닐까?'

미나 양이 투명한 문으로 나가려고 한다. 나는 자리에서 일어나 한 손을 나의 오른쪽 가슴에 올리며 말했다.

"미나 양! 당신은 정말 가치 있고 소중한 존재…."

이야기하고 난 후에, 갑자기 가슴이 심하게 뛴다.

분명 나는 그 과거 속에서 느꼈었다. 부다페스트 다리에서 느껴 지던 그 느낌. 나의 몸은 이미 알고 있었다. 또 다른 존재가 함께하 고 있었음을….

그리고 확신한다. 그 존재가 미나 양이 그토록 보고 싶어 하던 오빠라는 것을….

"미나 양, 확인할 것이 있어요!"

"선생님? 예? 갑자기?"

"저에게 마지막 부다페스트에서의 기억을 보여 주세요!"

놀란 토끼마냥 큰 눈으로 나를 바라보는 미나 양. 다시 자리로 돌아와 나의 두 손에 오른손을 올려놓는다.

시공간이 변화하며, 좀 전에 봤었던 부다페스트 국회의사당을 만들어 내었다.

멍하니 아름다운 야경을 바라보는 미나 양. 나는 뒤에 서서, 다른 존재가 이 시공간에 존재하고 있음을 감지하였다.

"저를 보고 있는 거 알아요. 혹시 모습을 보여 줄 수 있나요?"

나의 물음에 어떠한 변화도 생기지 않는다. 미나 양이 흘리는 눈물을 무언가가 닦아 준다.

"모습을 보여 주세요! 왜 미나 양을 버리셨나요?"

말이 끝나기가 무섭게 눈물을 흘리는 남성이 앞에 나타난다.

"저를 어떻게 보고 느끼시는 거죠?"

"저도 잘 몰라요. 하하."

"혹시 신인가요?"

"평범한 사람입니다. 왜 여기 계시는 거죠?"

"미나랑 약속한 게 있거든요."

"그 약속을 지키기 위해 자신을 이 시공간에 가둔 건가요?"

"약속을 꼭 지켜야 해요."

"그런데 왜? 왜 스스로 목숨을 끊은 거예요?"

"저. 자살하지 않았어요."

"빚이 많았다는 거 알아요."

"빚이 많은 건 맞지만, 아니에요!"

울먹이며 나를 노려보는 남성. 진심이 느껴진다.

'그럼 도대체 어떤 일이 있었던 걸까?'

나는 꼭 그 사실을 알아야 했다.

"시간이 없네요. 저에게 진심을 보여 주세요."

오른손을 남성에게 내밀었다. 잠깐 고민하던 남성은 두 눈을 감고 나의 오른손을 덥석 잡았다. 남성의 따스한 온기가 전해지는 순간, 두 눈을 감았다.

"와! 미나랑 여기서 사진 찍으면… 너무 예쁘겠다!"

소나기 소리와 남성의 들떠 있는 목소리가 섞여서 들려왔다. 나는 두 눈을 뜨고 남성이 우산을 쓴 채, 카메라 구도 맞추는 것을 뒤에서 지켜보았다.

행복해 보인다.

미나 양이 힘없이 바라보던, 슬픔을 더욱더 자아내던 아름다운 야경이, 지금 이 남성에게 아름답게 다가온다. 떨어지는 빗물을 뚫고 멀리서 한 남자가 걸어온다.

걸어오는 남자의 얼굴을 바라보다가 온몸에 소름이 돋는다. 나는 미나 양의 과거 속에서 이 남자를 마주한 적이 있었다. 장례식장에서 무표정으로 식사를 하던 사채업자.

그 남자는 코트 속에서 단단한 물건을 꺼내어, 마냥 행복해 보이는 남성의 머리를 가격한다.

"이렇게라도 돈을 갚아야지! 네 보험금 정도면…"

그리고 고통스러워하는 남성을 들어 차가운 강물 속으로 던진다. 살인이다.

'저 뻔뻔한 놈. 살인까지 저지르고 장례식장에 왔었다니… 쓰레기 같은 놈!'

살인자 면상에 온갖 비난을 퍼붓지만, 떨어지는 빗물이 모든 것을 쓸어 내려 간다.
살인자는 멍하니 아름다운 야경을 감상한다.

'어떤 생각을 갖고 저 아름다운 야경을 바라보는 걸까?'

너무나 궁금하다. 쉼 없이 떨어지던 빗물이 멈추고, 시공간이 변화한다.

나는 잡고 있던 남성의 오른손을 잡아당겨 안아 주었다.

"너무나 가슴이 아프네요. 이런 일이 있었다니…."
"아니에요. 제가 처신을 잘못해서… 우리 미나에게…. 너무… 미안해…."

남성의 눈물이 내 가슴을 타고 흘러내린다. 눈물의 농도가 너무나 진하다.

"저기… 우리 미나를 한 번만 만나게 해 주실 수 있나요?"
"음… 이미 만나셨을 텐데요."

남성은 놀란 눈으로 나를 쳐다본다.

"혹시, 우리 미나가 제가 떨어졌던… 그 다리에서?"
"예, 맞습니다. 안타깝지만…"
"아… 그 느낌이 맞았군요."

남성은 자리에 주저앉아 고개를 숙인 채 오열한다.

"미나 양이 올 줄 예상하고 기다린 건 아닌가요?"
"하지만… 행복하게 저 야경을 볼 거라고 생각했어요."
"결과적으로 너무나 가슴 아프게 되었네요."
"저 정말, 우리 미나가 행복하기를 원했어요. 그런데 나 때문에…"
"음… 너무 자책하지 마세요."

남성은 눈물을 재빠르게 닦고 무릎을 꿇는다. 애원하듯 나에게 말한다.

"미나를 한 번만 만나게 해 주실 수 있나요?"

"보고 싶으신가요?"

"제발… 한 번만 만나게…"

"보시게 된다면 이 시공간은 사라질 거예요. 그건 아마도… 소멸."

"사라져도 괜찮아요!"

남성이 존재하는 시공간과 미나 양의 시공간은 다른 차원 속에서 존재하였다.

'나는 이 둘의 차원을 연결 지을 수 있을까?'

고민할 필요가 없었다. 분명 미나 양과 이 남성의 감정들이 함께 느껴지고 있었다.

"궁금한 게 있어요. 빚은 왜 지게 된 거예요?"

갑작스럽게 그 이유가 궁금해졌다. 불행의 첫 시작점이었기 때문이다.

"저를 버렸던 어머니가 찾아왔었어요. 암에 걸려서 죽기 전에 보러 왔다고…"

"많이 심란하셨겠어요. 결혼을 앞두고…"

"그런데… 어머니가 갑자기 사라지셨어요. 제 신분증이랑 도장도 함께."

"보증, 대출, 뭐 그런 문제인가요?"

"예… 불법 대출을 받았다는 것을 알게 되었어요."

"그래서 사채업자들이 찾아왔었던 거군요."

"그래도 미나만큼은 먹여 살릴 수 있었는데…."

"그렇다고 사람을 죽이나요? 나쁜 사채업자."

"숨겨진 빛이 생각보다 너무 컸어요. 갚을 방법은, 솔직히 없었죠."

"아… 진짜… 너무 마음이 아프네요."

머릿속에 흩어져 있던 조각들이 맞춰지기 시작했다. 나는 어둠 속에서 밝게 빛나는 부다페스트 국회의사당을 바라보며 미소를 지었다. 그리고 남성에게 손가락으로 벤치에 앉아 있는 한 여성을 가리켰다. 남성은 눈물을 가득 담고 조심스럽게 벤치 쪽으로 걸어갔다. 나는 뒤에서 이 둘의 모습을 지켜보았다.

남성은 미나 양의 옆자리에 앉아 함께 아름다운 야경을 바라보았다. 미나 양은 남성의 모습을, 보고 들을 수도 없었다. 남성은 자신의 눈에서 흐르는 눈물은 그대로 흘려보내며, 미나 양의 눈물만 계속해서 닦아 주었다.

"저기 죄송한데… 사진 한 장 찍어 주실 수 있나요?"

"예, 예… 찍어 드릴게요!"

한 커플이 사진을 찍어 달라며 미나 양에게 부탁한다. 미나 양은 힘겹게 미소를 지으며 사진을 찍어 준다.

"저희, 신혼여행 왔거든요!"
"아… 예! 축하드려요!"
"정말 감사합니다!"
"예, 행복하세요!"

이를 지켜보던 남성은 나에게 천천히 다가온다.

"죄송한데… 미나랑 저 사진 한 장만 찍어 주실 수 있나요?"
"예? 음… 당연하죠!"

벤치에 앉은 남성과 미나 양을 위해 손가락으로 네모를 만들었다.

"자, 찍습니다! 야경이 너무 아름답네요. 하나, 둘! 찰칵!"

그리고 세상에서 가장 슬픈 한 장의 사진을 남겼다. 미나 양과 남성은 서로에게 약속을 지켰다. 아름다운 야경과 벤치에 앉은 두 사람의 모습은 제법 잘 어울렸다.

시공간이 조금씩 뒤틀리기 시작한다. 떠나야 할 시간이다.

남성은 내게 한 가지를 부탁한다.

"미나가 끼고 있는 반지 속에 글자가 적혀 있어요!"
"중요한 의미를 담고 있나요?"

남성은 나에게 미소를 지으며 고개를 끄덕인다.
남성과 미나 양. 아름다운 부다페스트 국회의사당 야경. 작은 차들이 내는 불빛 등등 모든 것들이 희미해진다.

모든 만물들이 사라진다.

사라진 그 자리에서 서로를 마주 보고 있는 미나 양과 나를 형상화한다.

"선생님, 이번 과거에서 느꼈던 그 느낌… 오빠 맞나요?"
"음… 맞아요."
"아… 너무 보고 싶어요."
"미나 양을 버린 게 아니었네요."
"무슨 말씀이신가요?"
"살해를 당하셨어요."
"아니… 어떻게 그런 말도 안 되는 일이 있을 수 있나요?"

"가슴이 아프지만… 사실입니다."

"지금… 제가 꿈꾸고 있는 건가요?"

"꿈보다 더….:"

미나 양과의 대화는 더 이상 지속할 수 없었다. 탁자 위에 놓인 찻잔 위로 수증기가 희미해져 갔다. 이에 미나 양의 모습도 수증기처럼 옅어져 갔다. 저 투명한 문으로 보내야 한다.

"미나 양, 아쉽지만 시간이 다 되었네요."

"선생님, 오빠랑 저… 함께 그 야경을 본 거 맞죠?"

"맞아요. 제가 사진도 찍어 드렸습니다."

"약속을 지켰네요."

미나 양이 미소를 짓는다. 그리고 돌아서 투명한 문 쪽으로 걷는다.

"미나 양, 미나 양이 원하던 그 대답이 반지 속에 있어요."

"무슨 말씀이신가요?"

"반지 안쪽에, 오빠의 마음이 있을 거예요."

"예?"

미나 양은 자신의 반지를 한동안 바라본다.

"미나 양, 반지를 빼서 봐 봐요! 빨리… 시간이…."

"음… 아니에요, 선생님."

"아니… 그 속에 원하던 대답이…."

"오빠랑 약속했거든요. 죽어서도 빼지 않기로."

"그래도…. 알겠습니다. 제가 생각이 짧았네요."

"오빠가 말은 안 했지만 저는 항상 느끼고 있었거든요, 나를 사랑하고 있다는 것을…."

"하하, 그렇군요."

"선생님, 너무 감사드립니다. 이야기를 함께 나눠 주셔서…."

"아니에요. 차 한잔 마셔 주셔서 제가 감사합니다."

미나 양이 잡은 손잡이로 따뜻한 주황색의 빛깔이 투명 문을 물들게 한다. 나는 미나 양에게 따스한 미소를 보내며 고개를 숙였다. 미나 양도 이에 고개를 숙이며 답해 주었다.

"선생님, 그 아름다운 야경… 다시 보고 싶어요! 행복한 감정으로…. 기회가 없겠죠?"

나는 엷은 미소로 답해 주었다.

미나 양이 떠나고 식탁 위에 남겨진 찻잔들을 치웠다. 밖에서 따스한 햇빛이 창문을 타고 들어와 심란한 나의 마음을 안정시켜 주었다.

지저귀는 새, 푸른 풀밭을 뛰어다니는 토끼, 선선한 바람 등등…. 나를 위하여 만물이 변화하고 있었다.

5장

못다 핀
꽃 한 송이

자신의 목숨을 스스로 끊은 누군가와의 만남을 기다리고, 이야기 나누기 위해 나는 존재한다.

'그럼 나의 역할을 정의한 사람은 누구이며, 나는 왜 이런 고민을 하고 있는 걸까?'

머릿속이 복잡해진다. 이런 나를 위해 선선한 바람이 문틈 사이로 들어와 위로해 준다. 창문을 열고, 새들이 지저귀며 맑은 시냇물이 흐르는 자연을 바라본다. 두 마리의 토끼가 서로를 부둥켜안고 잔디 위에서 굴러다닌다. 나의 귓가에 스며드는 맑은 시냇물 소리. 피부에 녹아드는 선선한 바람. 내 마음의 어둠을 밝게 비추려는 따스한 햇살 등등 싱그러운 자연 속에서 나는 위로받고 삶의 의미를 찾는다.

선선한 바람의 세기가 점점 강해진다. 피부에 닿는 바람의 촉감이 나를 더욱더 자극하고 미소 짓게 만든다. 바람이 불어옴에 따라, 마른 가지 위에 놓인 예쁜 꽃잎들이 흔들린다. 나를 바라보며 무언의 인사를 하고 있다는 느낌을 받는다.

마른 가지 위, 많은 꽃잎들 중에 하나의 꽃잎이 위태롭게 매달려 있다. 나의 시선은 오로지 그 한 꽃잎을 향했다. 꽃잎이 바람에 의해 흔들릴 때마다, 떨어지지는 않을까 걱정이 되었다. 생을 다하여 결국에는 모든 꽃잎들이 떨어지겠지만, 그 꽃잎이 떨어지기에는 너무나 이른 시기였다.

"바람아, 살살 좀 불어 줘! 꽃잎이 떨어지려고 하잖아!"

불어오는 바람을 마주하며 크게 소리쳤다. 점점 강해지는 바람. 나는 꽃잎이 떨어지는 것을 막기 위해 서랍에서 테이프, 끈 등을 꺼냈다. 쉼 없이 불어오는 바람 속에서 꽃잎이 떨어지지 않게 하기 위해서는 강제로 고정시키는 방법밖에 없었다.

"내가 갈게! 조금만 버텨 줘! 도와줄게!"

마른 가지 위에 꽃잎 하나가 떨어지기 전에, 나는 재빨리 움직여야 했다.

갑작스럽게 세상이 어두워진다. 창문을 넘어 들어오던 따스한 햇빛, 선선하게 불어오던 바람 등이 점점 그 존재감을 잃어 갔다.

나는 은은하게 빛나는 조명등을 켜고 누군가와의 만남을 위하여 마지막 찻잔을 꺼내었다. 물을 끓이고, 그 위에 찻잎을 올려놓았다. 손님을 마주할 준비를 마치고, 나는 의자에 앉아 멍하니 기다렸다.

발걸음 소리가 나의 귀를 서서히 자극하기 시작한다. 조심스럽게 들려오는 일정한 박자의 소리. 그리고 '똑똑', 누군가 문을 두드린다.

"들어오세요!"

누군가가 힘겹게 문을 열며 들어선다. 마주한 순간, 나의 온몸이 얼어붙는다. 한 여성이 힘겹게 묻는다.

"안녕하세요. 여기는 어딘가요?"

여성과 나의 감정선들이 서서히 연결되며, 나는 아프고 시린 감정들에 휩싸여 고통을 느꼈다.

"삶과 죽음의 경계, 자신의 생을 스스로…"

끝내 나는 말을 잇지 못했다.

"여기… 잠깐 앉으세요. 따뜻한 차를 준비해 놓았습니다."
"예, 감사합니다."

나의 호의에 미소로 답해 준다. 의자에 앉아 나를 정면으로 바라봐 주는 여성. 어떠한 미동도 보이지 않는다. 둘 사이에 피어오르는 수증기가 점점 진해진다.

"많이 힘드셨죠? 따뜻한 차 한번 마셔 보세요."
"아니에요. 먼저 드세요."

여성은 나의 호의에 어쩔 줄 몰라 한다. 뜨거운 찻잔을 조심스럽게 들어, 우리는 동시에 마시기 시작했다.

'왜 이렇게 행동이 하나하나 세심할까?'

여성의 작은 움직임 하나하나가 신경이 쓰였다.
차를 마신 후에 나를 바라보며 미소 짓고 있는 여성.

'20대 중반의 나이에 어떤 사연이 있었기에, 지금 나를 만나고 있는 걸까?'

바람에 위태롭게 흔들리던 예쁜 꽃잎과 여성은 닮아 보였다. 하지만 이 여성의 아름다운 꽃잎은 너무나 일찍 떨어져 버렸다. 마음이 아프다.

"저기, 차를 마신 후에 저는 어디로 가는 건가요?"
"편하게 아저씨라고 불러 주세요. 하하. 제 뒤편으로 투명한 문이 보이나요?"
"아… 저씨… 알겠습니다! 저 문으로 나가면 어떻게 되나요?"
"음… 그건 저도 잘 모르겠습니다."
"아, 그러시구나. 차가 너무 따뜻해요."

여성과 이야기를 나누는 동안 나의 마음이 점점 편안해진다. 내가 이 여성에게 배려를 받고 있다는 생각이 강하게 든다.
여성의 찻잔 위로 눈물이 뚝뚝 떨어진다. 하지만 여성은 나의 눈을 바라보며 미소를 짓고 있다. 사실 나는 여성을 처음 만났을 때부터 느끼고 있었다. 엄청나게 고통스러운 아픔, 슬픔을 껴안고 있으면서도 자신의 감정을 숨기고 있다는 것을….

'왜일까? 죽은 이 순간에도 왜 자신의 감정을 억누르며 미소를 지을까?'

날이 선 칼에 베인 것 같은 끔찍한 고통이 여성에게 느껴지지만, 겉모습에서는 이러한 아픔을 전혀 찾아볼 수 없다. 그래서 더욱더 나의 마음이 시리고 아프다.

"저, 차가 반쯤 남았지만, 다 못 마실 것 같아요."
"다 마셔야 하는 건 아니에요. 편하게."
"신경 써 주셔서 감사해요. 저 분으로 나가면 되는 건가요?"
"예, 예? 예…."

여성은 자리에서 일어나 마신 찻잔을 정리한다. 그리고 습기가
밴 식탁 위를 행주로 닦고 의자를 식탁 밑으로 놓는다.

"제가 해야 할 일을 다 하고 가시려고요?"
"예? 그래도… 제가 마셨으니."
"그러면 제 존재 이유가 사라집니다…. 하하, 농담입니다."
"아무튼… 감사합니다!"

나에게 미소를 지으며 고개를 숙인다. 정확한 박자의 발걸음으
로 조심스럽게 걸어 나가는 여성.

'느껴지는 여성의 아프고 슬픈 감정들을 저 투명한 문으로 보내
버리면 내 마음이 편안해질까?'

아니다. 하지만 분명 저 여성은 문고리를 잡고 자신의 아픈 감정들

을 억누른 채 나갈 것이다. 안 된다. 내가 보내지 못하겠다. 마음이 찢어지려 한다. 나의 욕심일 수도 있지만, 저 여성의 마음을 위로하고 보듬어 주어서 따스한 색깔의 문으로 지나가게 해야 한다.

"저기, 음… 잠깐 이야기 더 나눠도 될까요? 아니… 제발, 부탁할게요."

돌아서는 여성의 두 눈에서 눈물이 흘러내린다. 내가 여성을 위로하고 이해하려는 마음이 울림으로 다가간 것 같다. 우리의 감정들은 이 공간에서 서로 연결되어 있기에, 말을 하지 않아도 느낄수 있었다.

여성은 다시 자리로 돌아와 앉았다. 나는 소중한 찻잔을 준비하고 끓여 놓았던 물을 찻잎과 함께 올려놓았다. 떨어지는 여성의 눈물이 마를 때쯤, 찻잎에서 우러나오는 위로의 숨결이 뜨거운 물과 잘 어우러져 마시기 좋게 변했다.

둘 사이에 피어오르는 뜨거운 수증기 속에서 우리는 한동안 서로를 멍하니 바라보았다. 그리고 나는 조심스럽게 두 손을 식탁 위에 올려놓으며 고개를 끄덕였다. 여성은 자신의 오른손을 내 두 손 사이로 살며시 올려놓았다.

은은하게 빛나던 조명등의 불빛이 점차 사라지며, 어떠한 것도 존재하지 않는 어둠을 만들어 냈다. 그리고 그 속에서 작은 불빛들이 모여, 이 여성의 과거 속 어느 한순간을 형상화하기 시작했다.

맨 앞줄에 앉아 신생님을 바라보며 웃고 있는 한 여학생. 턱수염을 제대로 깎지 않아 턱밑이 거뭇한 선생님을 바라보며 무언가를 열심히 쓰고 있다. '선생님'이란 글자를 예쁘게 색칠하고 그림을 얹혀 놓는다. 남선생님은 맨 앞에 앉아 자신을 바라봐 주는 여학생의 모습이 귀여운지, 눈길을 여러 번 준다.

나는 초등학교 5학년쯤 되어 보이는 여학생에게 가까이 다가가, 선생님이란 글자를 바라보는 여린 눈망울을 자세히 들여다보았다. 맑은 눈망울에 비친 '선생님'이란 글자는, 장차 이 학생의 미래가 될 것이란 확신이 들었다.

시공간이 뒤틀리기 시작하며, 바닥에 떨어지는 얇은 빗소리가 들려온다. 그리고 고등학교 교복을 입은 여학생이 책상에 앉아 수학 문제를 열심히 풀고 있다. 나는 가까이 다가가 여학생이 풀고 있는 문제를 유심히 바라보았다. 난이도가 상당한지라 여학생은 매우 고통스러워했다. 그 문제를 쉽게 풀 수 있도록 가르쳐 주고 싶었지만, 일단 내가 그 문제 자체를 이해할 수 없었다. 여학생과 나는 수학 문제를 바라보며 함께 고통받고 있었다. 스탠드 불빛만 들어오는 어두운 방 안에서 여학생이 소리친다.

"할 수 있다! 기다리고 있다! 나를…. 파이팅!"

입시 스트레스에서 나오는 일종의 기이한 현상처럼 보인다. 어둠 속에서 여학생은 한쪽 벽면에 붙은 종이 한 장을 유심히 바라본다. 어둠에 가려 무엇이 적혀 있는지 보이지 않는다. 하지만 나는 미세하게 움직이는 여학생의 입술을 바라보며 그 뜻을 짐작할 수 있었다.

'선생님', 분명하다. 여성의 어린 과거 속에서 눈망울에 비쳤던 그 글자.

여학생은 다시 의자에 앉아 오랜 시간 동안 문제와 씨름한다. 하지만 쉽게 포기하지 않는다.

일정한 박자에 맞춰 떨어지는 빗소리. 아늑하고 어두운 방 안. 나의 눈꺼풀이 점점 무거워지는 것을 느꼈다.

"와, 풀었다! 아가들아, 기다려라! 내가 간다!"

의자를 박차고 일어나 외친다. 어둠 속에서 자신의 꿈을 그리며 미소 짓고 있는 여학생. 나는 그 모습에 엄지손가락을 치켜세웠다.

책상 옆에 놓인 둥그런 시계가 3시를 가리키고 있다. 밖에 나가서 맛있는 것도 먹고, 옷도 사고, 친구들과 함께 수다도 떨고 해야 할 시간에 여학생은 선생님이란 꿈을 위해 모든 것을 내려놓고 있었다.

오랜 시간 동안 앉아 있다가 기지개를 켜는 여학생. 뼈마디 마디가 '우드득' 하고 비명을 지른다. 여학생은 자리에서 일어나 방 안을 어둡게 만들던 커튼을 걷는다. 예상과 달리 커튼 사이로 어둠 속에서 은은하게 빛을 발하는 보름달이 보인다.

보름달에서 발하는 빛들이 희미해지며, 시공간이 뒤틀린다. 뒤틀린 시공간은 젊음의 향기가 가득한 교정을 보여 준다.

초승달에서 발하는 빛과 가로등의 빛이 잘 어우러져 교정의 분위기를 한껏 부드럽게 만들어 준다. 교육대학교 정문에 걸린 간판을 지나 선선한 바람을 맞으며 걸었다. 4명의 학생이 벤치에 앉아 은은한 달빛 속에서 선선한 바람을 맞으며 시원한 맥주 캔을 들고 있다.

성인이 된 여성의 모습과 나를 찾아온 여성의 모습은 너무나 똑같았다. 그 말은 즉, 자신의 생을 스스로 마감할 날이 얼마 남지 않았다는 것이다.

친구들과 해맑게 웃고 있는 여성. 나의 마음이 점점 아파 온다. 이 여성에게 도대체 어떤 끔찍한 일이 있었기에 해맑게 웃고 있는 지금 시점에서 죽음이 가까워진 것인지… 다음 장면을 마주할 용기가 생기지 않는다.

여성은 시원한 맥주 캔을 마시며 당찬 목소리로 이야기한다.

"우리 임용고시 준비 너무 열심히 한 것 같지 않아?"

초승달에서 발하는 엷은 빛줄기들이 4명이 짓고 있는 얼굴 근육의 미세한 움직임을 보여 준다. 행복이다. 나도 함께 벤치에 앉아 이들과 함께 즐기기로 마음먹었다.

"우리 임용고시 정말 열심히 준비했지. 그래서 우리 모두 다 합격했잖아!"
"임용고시… 너무나 길고 어두운 터널이었어. 하지만 우리는 해냈지!"
"너희들과 함께 공부해서 큰 도움이 된 것 같아."
"분명, 우리는 좋은 선생님이 될 거야!"
"우와, 이제 3개월만 있으면 우리 진짜 교사가 되는 거야!"
"나 훌륭한 교사가 될 수 있을까?"
"음… 우리 모두 이미 훌륭한 교사?"
"하하, 우리 모두 아마 참교사가 될 거야!"

이들은 이미 임용고시 합격 통지서를 받은 듯하다. 교정에서 교사가 되기 위해 함께 울고 웃고 했던 순간들을 그리며 이야기를 나눈다.

"나 솔직히 너무 기대가 돼! 아이들과 첫인사는 어떻게 나눠야 하지? 그림으로 나를 소개할까? 아니면 동영상으로?"

　여성은 친구들에게 끊임없는 질문을 던진다. 수많은 질문들에 친구들이 진지하게 답하며 함께 고민을 해결해 간다. 아이들을 위해 이렇게 긴 시간 동안 함께 이야기를 나눌 수 있다는 것이 참으로 대단하게 느껴진다.

　선선한 바람이 불어온다. 이들은 시원한 맥주를 마시며 한동안 말을 잇지 않는다. 각자 어느 한 지점들을 정하고 멍하니 바라본다. 아마도 곧 교단에 서는 자신들의 모습을 그리고 있을 것이다. 이들과 함께하며 나는 한 가지 확신이 들었다. 4명의 예비 선생님들은 분명 아이들에게 긍정적인 영향을 주는 좋은 교육자가 될 것이라는 것을….

　선선하게 불던 바람의 세기가 강해졌다. 얇은 나뭇가지 위, 하얀 꽃잎 한 장이 위태롭게 매달려 있다가 이내 떨어진다.

　나는 이 따스한 분위기에 심취해 있다가 떨어지는 꽃잎 한 장을 보며 정신이 번쩍 들었다. 나를 찾아온 저 여성이 보인 과거 속에서, 자신의 생을 스스로 끊을 만한 단서가 지금까지는 보이지 않았다. 오히려 교사라는 꿈을 안고 열심히 노력하여 끝내 결실을 맺는 지금까지의 모습은, '행복'이라는 단어 하나로 표현할 수 있었다.

　'교사가 되어 1~2년 사이에 도대체 이 여성에게 어떤 끔찍한 일이 있었던 걸까?'

무섭다. 초승달 빛 아래에 꿈과 희망으로 가득한 이 여성의 얼굴을 바라보며, 다음 장면을 마주할 용기가 생기지 않는다.

나의 관념과는 무관하게 시공간이 변하기 시작한다. 시공간이 변화하며 모든 만물이 사라지지만, 이들과 함께 있으며 느꼈던 다양한 감정들은 내 가슴 깊숙이 자리 잡게 되었다.

작은 점의 불빛이 발하며 어느 한 시공간을 형상화한다.

잔디 하나 없는 휑한 운동장. 나는 그곳에 서서 낡은 건물 하나를 바라보고 있다. 학교를 기점으로 고층 아파트들이 원으로 둘러싸고 있다. 한 여성이 교문을 들어선다. 긴장한 표정이 역력한 여성의 발걸음은 가벼워 보인다. 설렘, 두려움, 기대 등등 다양한 감정들을 안고 교실로 향한다. 나는 여성의 옆에서 함께 걸었다.

"파이팅! 아이들과의 첫 만남이네요!"

나의 말은 여성의 귀에 닿지는 않았지만, 내가 더 설렜다. 5학년 4반. 학생들이 보이지 않는다. 시곗바늘이 7시 30분을 가리키고 있다.

"선생님, 왜 이렇게 일찍 출근하셨어요? 좀 더 자다가 오시지…"

여성은 내 말이 끝나기가 무섭게 반을 꾸미기 시작한다. 풍선,

색 도화지 등등 다양한 물품을 활용하여 아이들과의 첫 만남을 준비한다. 나는 의자에 앉아 열심히 교실을 꾸미고 있는 여성을 바라보았다. 교사가 되기 위해, 아이들과의 만남을 위해 그간 노력했던 순간들이 결실을 맺으려 하였다.

첫 출근과 동시에, 아이들을 위해 무엇인가를 준비한다는 것이 대단해 보였다.

나는 책상에 앉아 풍선을 불고 있는 저 여성에게 수업을 듣고 싶다는 생각이 강하게 들었다.

시공간이 변화한다.

5학년 4반 학생들이 여선생님의 수업을 열심히 듣고 있다. 밖에서는 이슬비가 창문을 반복해서 두드린다. 여선생님은 정해진 수업 시간 동안 자신이 할 수 있는 다양한 교수법으로 학생들을 지도한다. 학생들의 눈빛이 여선생님 움직임에 따라 움직인다. 나는 교실 뒤편에 서서, 여선생님의 지도 방법과 학생들의 수업 참여 태도를 중점적으로 바라보았다. 여선생님이 수업을 학생들의 수준, 환경 등을 고려하여 재미있게 구성하여 지도하고 있었다. 여선생님의 이마에서 흘러내리는 땀방울. 학생들을 위해 여선생님이 얼마나 노력을 하고 있는지에 대한 증표였다. 지금 선생님을 바라보고 있는 학생들의 눈빛 속에서 나는 느낄 수 있었다. 학생들도 이러한 선생님의 노력과 관심, 사랑을 이미 느끼고 있다는 것을….

'전혀 문제가 없어 보이는데…. 열정이 가득한 선생님. 그런 선생님을 존중하는 아이들. 뭐가 문제였던 걸까?'

머리가 아파 온다. 계산상으로는 여성이 자신의 생을 마감하기까지 1년도 남지 않았다. 아이들을 사랑하고 열정이 가득한 신규 교사. 나를 만나러 오기에는 너무나 이른 시기였다.

갑작스럽게 많은 비가 쏟아진다. 강풍이 불어와 창문을 열어 달라고 소리를 지른다. 소름 끼치는 소리에 나는 창밖 운동장을 내려다보았다. 운동장 가운데에 우산을 쓰고 학교 건물을 바라보는 한 여성이 서 있다. 그 여성은 내가 있는 쪽을 향해 힘없이 바라보며 눈물을 흘리고 있다. 나는 다시 고개를 돌려 아이들을 위해 땀방울까지 흘리며 열심히 학습 지도를 하는 여성을 바라본다.

나는 지금 불행의 시작점 한가운데 서 있다. 아이들과 즐겁게 웃으며 수업하는 여선생님의 모습이 점점 희미해지며 사라진다.

눈물을 빗물과 함께 흘려보내던 여성은 2학년 1반 교실로 향한다. 열정으로 가득했던 눈빛이, 어떠한 생기도 보이지 않는다.

어둠이 내려앉은 세상 속에서 여선생님은 형광등조차 켜지 않는다. 시곗바늘이 오후 6시를 가리킨다. 여선생님은 의자에 기대어 앉아 눈을 감는다. 감은 두 눈 밑으로 눈물이 흘러내린다.

"선생님, 왜 그러세요? 제게 이유를 보여 주셔야죠!"

여선생님의 분위기가 너무나 갑작스럽게 변했다. 그 변화 지점 속에 나는 항상 있었다. 그때 전화벨 소리가 울린다. 여선생님의 동공이 심하게 흔들리며 몸을 부들부들 떤다. 통화 버튼을 조심스럽게 누르는 여성. 휴대폰에서 고성이 들리기 시작한다.

"선생님! 우리 애 얼굴 어떻게 할 거예요? 어떻게 할 거냐고요!"
"어머니, 정말 죄송하게 되었어요. 민호가 점심시간에 운동장에서… 혼자 넘어졌는데…."
"선생님! 그걸 말이라고 해요? 선생님이 점심을 먹지 않더라도 애들을 보고 있었어야죠!"
"어머니, 저도 밥은 먹어야 하고, 치료비는 학교 공제회에서 보상을 해 드릴 수 있으…."
"아, 선생님! 진짜 말귀를 못 알아들으시네! 선생님도 애를 제대로 관리 못 했으니 책임을 져야죠!"
"제가 보상을 해 드려야 할 만큼 잘못을 한 건…!"
"야! 그걸 말이라고 해?! 내가 내일 당장 교육청, 교장 다 찾아갈 테니 기다려!"

뚝. 통화가 끝났다. 나는 옆에서 할 말을 잃어버렸다. 잠깐 사이에 주고받았던 대화가, 여성이 교사가 되기 위하여 노력했던 순간들, 열정, 사명감 등등을 모두 날려 버렸다. 여성은 다시 눈을 감고 눈물을 흘린다. 아이들을 위해 일찍 학교로 나와 교실을 꾸미던 여성의 모습과 대조를 이뤘다. 너무나 가슴이 아프다.

휴대폰 벨 소리가 또 울린다. 여선생님의 동공이 심하게 떨린다. 떨리는 동공에는 눈물이 가득하다.

"선생님, 늦은 시간에 죄송해요! 저녁은 드셨어요?"

"예, 아직… 안 먹었습니다!"

"다름이 아니라, 지호 친구 칭찬해 주었나요?"

"지성이 말씀하시는 거군요! 보드게임 정리를 잘해 줘서…"

"선생님! 우리 지호가 불만이 상당히 많아요!"

"어떤 불만을 말씀하시는 거죠?"

"선생님이 아직 경력이 없으셔서… 휴, 왜 애가 차별을 받는다고 느끼게 하시나요?"

"저는 그냥 칭찬만 했을 뿐인데요…"

"답답하시네요! 정서적 아동 학대에 해당돼요! 제가 신고하기만 하면… 아닙니다! 앞으로 조금만 더 신경 써 주세요!"

"예, 죄송합니다. 좀 더 신경 쓰도록…"

여선생님의 대답 중에 학부모가 통화를 바로 종료해 버린다. 잠 깐 사이에 딱딱한 무엇인가가 나의 뒤통수를 때린 것처럼 얼얼하 다. 여선생님은 힘겹게 자리에서 일어나 형광등을 켠다. 그리고 내일 아이들하고 만들 미술 자료를 정리한다. 두 눈에서는 눈물이 흘러내리지만, 아이들하고 함께할 수업 생각에 미소를 짓는다.

두 눈에서는 눈물. 입가엔 미소. 한 사람의 감정이 이렇게 표출 될 수 있는 건가?

다양한 고민들이 머릿속을 휘젓고 있을 때, 벨 소리가 울린다. 여선생님의 동공뿐만 아니라 나의 온 신경이 흔들리기 시작한다. 발신자 '엄마'. 다행이다.

"엄마야, 우리 딸! 잘 지내고 있지? 힘든 건 없어?"
"음… 조금 힘들긴 한데, 그래도 할 만해. 아이들도 좋고."
"엄마는 우리 딸 항상 자랑스럽게 생각해. 너무나 고맙고."
"엄마, 그런데… 아니다! 우리 반에 나만 졸졸 따라다니는 애가 있거든?"

모녀의 따스한 대화가 시작된다. 불안정하던 여선생님의 마음이 점점 안정을 되찾아 간다.

무심하게 떨어지는 빗방울 소리. 모녀의 목소리가 점점 작아지 며 시공간이 변해 간다.

교장실에서 결재를 받고 있는 여선생님.

"이제 2년차죠?"

"예, 교장 선생님."

"힘든 건 없나요?"

"음… 아무래도 학부모님들 민원 전화가…"

"내가 쭉 교직 생활 해 보니, 그건 선생님들 능력이에요."

"예? 잘 이해가…"

"능력 좋으신 선생님한테는 민원 전화가 잘 안 오더라고요."

"아, 예…. 그렇군요."

"아직 경력이 적어서 그럴 수 있어요. 참고 견뎌 봐요."

"견디기만 하면 해결이 될까요?"

"물론이죠! 제가 옆에서 응원할 테니, 견디기만 해 봐요."

"아, 예…"

교장실을 나오는 여선생님의 표정이 실망감으로 가득하다. 2학년 교실에 들어온 여선생님은 자신의 반 아이들이 수업 시간이 지났음에도 계속 뛰어다니는 모습에 화가 치밀어 오른다. 여선생님은 있는 힘을 다 내어 소리를 지른다,

"애들아, 지금 시계 봐! 수업 시간이 지났잖아! 수업 준비를 해야지!"

그러나 선생님이 소리를 지르든 말든 4명의 아이들이 계속해서

잡기 놀이를 한다. 여선생님이 다시 소리를 지르려고 할 때 한 아이가 해맑게 나와서 뼈아픈 한마디를 던진다.

"우리 엄마가 그러는데, 선생님이 소리를 지르면 아동 학대래요!"

여선생님의 가슴이 철렁한다. 해맑게 웃는 아이의 입에서 나온 단어가 여선생님의 가슴에 비수로 꽂힌다.

나는 해맑게 뛰어다니는 아이들의 모습을 보면서, 한 가지 궁금한 것이 생겼다.

'선생님들은 도대체 아이들을 어떤 수단으로 지도할 수 있는 거지?'

선생님들의 손과 발을 묶어 놓은 채, 아이들을 지도하라고 내미는 것은 너무나 가혹했다.

여선생님이 열심히 준비한 자료들을 활용하여 열심히 수업을 한다. 그런데 학생 3명이 집중을 하지 못하고 계속해서 장난을 친다. 여선생님은 손으로 주의만 줄 뿐, 별다른 제재를 하지 못한다. 몇몇이 떠드는 학생들 때문에, 반 전체 학생들이 피해를 보고 있었다. 나도 여선생님의 수업에 관심이 있어서, 집중해서 들으려고 할 때마다 방해를 받아 짜증이 많이 났다. 참으로 슬픈 교육 현실이었다.

열정으로 가득했던 여선생님의 눈빛이 시간이 지날수록 점점 지쳐 가는 것을 느꼈다. 누구보다 아이들을 사랑하고, 수업에 열정으로 가득했던 여선생님의 모습이 나에게 큰 아픔으로 다가왔다.

쉬는 시간. 얼굴 한쪽에 반창고를 한 학생이 여자아이들에게 다가갔다.

"원숭이 닮았어! 원숭이! 오랑우탄!"

놀리며 교실을 뛰어다닌다. 여선생님은 다음 수업 준비를 위해 열심히 컴퓨터를 쳐다보고 있다. 뛰어다니던 학생이 넘어져 책걸상에 부딪힌다. 이 소리에 여선생님은 놀라 넘어진 학생 쪽으로 뛰어간다. 여선생님의 동공이 심하게 떨리기 시작한다.

형광등 불빛이 교실을 점점 가득 메우며 시공간이 변화한다.

뚝뚝. 창문을 엷은 빗줄기들이 때리기 시작한다. 나는 교실에서 나와 운동장으로 향했다. 운동장에서 본 건물에는 유일하게 2학년 교실 하나만 밝게 빛나고 있었다. 여선생님이 우산을 쓰고 건물 밖으로 나온다. 떨어지는 빗물을 잔뜩 머금은 꽃들을 바라보며 걷는다. 아니다. 여선생님의 시선은 꽃을 향해 있지 않다. 무언가에 쫓기는 사람처럼 불안감에 동공이 심하게 떨린다. 반복해서 걷는다.

나는 운동장 한가운데에 서서 학교 건물, 여선생님, 아파트 등등 주위 환경을 둘러보았다. 빗물이 내 몸을 통과해 운동장 흙바닥을 사정없이 쳐 대고 있었다.

'왜 이렇게 무섭지? 이 압박감은 무엇일까?'

학교를 둘러싼 주위 아파트들이 나를 감시하고 있다는 느낌을 들게 한다. 어둠 속에서 우산을 쓴 채, 반복해서 걷고 있는 여선생님이 안쓰러워 보인다. 이러한 압박감을 저 여성은 견딜 수 있을까? 견디기에는 무게가 너무 무거운 것처럼 보인다.

'교실에서 아이들을 생각하며 수업 준비를 해야 할 선생님이 지금 뭐 하고 있는 거지? 늦은 시간 학교에 남아서 왜 고통을 받고 있는 것이지?'

무언가 잘못되었다. 이 피해는 고스란히 반 전체 아이들에게 돌아갈 것처럼 보였다.

여선생님은 우산을 쓴 채, 작은 연못 속에서 꼬리를 살며시 흔들며 떠다니고 있는 금붕어들을 바라본다. 일정한 박자로 떨어지는 빗물이 연못의 물을 사정없이 쳐 댄다. 나는 여선생님이 쓰고 있는 우산 밑으로 몸을 숨겼다. 여선생님과 함께 우산으로 떨어지는 빗소리를 들으며, 작은 공간에서 유유히 떠다니는 작은 금붕어들을 바라보았다. 여선생님은 한동안 이곳에 서서 어떠한 생각에 잠겨 움직이지 않았다.

'무슨 생각을 하시는 걸까? 작은 연못에서 헤엄치는 금붕어의 모습이 흡사 여선생님 현 모습과 비슷하다고 생각하는 걸까? 수많은 사람들이 작은 연못을 바라보고, 때로는 금붕어를 향해 돌을 던지고, 때로는 먹이도 주며, 때로는 좋은 말, 나쁜 말 등등을 할 것이다. 지금 이 학교란 공간이 좀 더 큰 연못이 아닐까?'

다양한 생각들이 머릿속을 지나쳐 간다.
갑자기 울리는 전화벨 소리. 여선생님의 동공이 심하게 떨린다.

"선생님, 아까 일하느라 전화를 제대로 못 받았는데, 무슨 일이시죠?"
"오늘 교실에서… 우성이가 뛰어다니다가 책걸상에 부딪혔습니다."
"예? 제가 다시 전화 걸게요!"

우성이 학부모님의 목소리가 싸늘하게 들린다. 여선생님은 우산을 접고 비를 온몸으로 받아 내며 2학년 교실로 걸어간다.

'저 교실로 들어가기 얼마나 싫으실까?'

꿈과 희망으로 가득하여야 할 교실이 합법적인 감옥처럼 느껴졌다. 교실에 도착한 선생님은 형광등도 켜지 않은 채, 의자에 기대었다. 두 눈에서 흐르는 눈물이 볼을 따라 흐르고 있었다.

다시 울리는 전화벨 소리.

"야! 우리 아들 어떻게 할 거야! 이거 완전 상습범이네!"

"말이 좀 심하신 것 같아요…."

"야! 어린년이 어디서 말대꾸야! 내 친구가 경찰 간부야! 진짜 안 되겠구나!"

"어머니, 그렇지만 오늘 우성이는 친구들을 놀리고 뛰어가다가 넘…."

"그건 알 필요 없고! 어떻게 할 거야? 우리 애 얼굴 멍들었잖아!"

"죄송합니다. 제가 쉬는 시간에 좀 더 살폈어야 했는데…."

"일단 교육청에 아동 학대로 신고할 테니 기다려. 무서움을 보여줄게!"

"우성이 어머니! 솔직히 저 너무 힘들어요! 그만하시면…."

"힘든 건 그쪽 사정이고. 우리 애 얼굴 피해 보상 어떻게 할 거야?"

"제가 학교안전공제회 바로 신청하도록 하겠습니다!"

"그건 당연한 거고, 그쪽도 책임이 있으니 아이가 마음이 안정되고 얼굴이 나을 때까지 보상해 주서야지!"

"어떻게 보상을 해 달라는 말씀이시죠?"

"월급날이 17일인 거 알아요! 매달 20일에 보상비를 부쳐요!"

"아직 제 월급도 적어서 그렇게 돈을 보내 드리기에는….'

"아동 학대로 신고당해서 교사 못 하면 월급이 없으실 텐데?"

"언제까지 부쳐드려야 하나요?"

"그건 아이의 마음, 얼굴 등이 다 나을 때까지.'

"음….'

한동안 침묵이 흐른다. 여선생님은 힘겹게 알겠다는 의사 표현을 한다. 옆에서 대화 내용을 들은 나의 온몸이 소름으로 휘몰아친다. 선생님은 힘겹게 몸을 일으켜 교실 뒤편 한쪽 구석에 마련된 쉼터로 향한다. 마음의 치유 공간. 여선생님이 아이들을 위해, 힘들게 만든 아름다운 공간이었다. 여선생님은 무거운 몸을 질질 끌며, 잠시 마음의 치유 공간에 눕는다. 창문으로 들어오는 달빛이 누워 있는 선생님의 얼굴을 비춘다. 달빛이 흐르는 눈물에 반사되어 나의 마음속으로 투영된다. 슬프다.

여선생님은 눈을 힘겹게 떠서 아이들이 만든 미술 작품을 바라본다.

눈가에서는 눈물이 흐르고 입가는 미소를 짓는다.

'아이들을 위하여 노력하고 행복해하는 이 여선생님을 지켜 드려

야 하는 건 아닐까?'

그 길은 분명 아이들이 건강하게 성장할 수 있는 자양분이 될 것이다.

'왜! 지금 아이들에 대한 관심, 열정 등으로 가득 찼던 선생님을, 이 어두운 곳에서 울게 만드는 걸까?'

너무 화가 난다. 또다시 울리는 전화벨 소리.

"안녕하세요, 선생님! 선우 엄마예요! 저녁은 드셨어요?"
"예, 먹었습니다."
"다름이 아니고, 우리 선우가 학교에 필통을 놓고 온 것 같아요. 확인해 주세요!"
"잠시만요! 예, 서랍에 있네요!"
"거기 있었군요! 다음부터는 선생님께서 아이가 필통을 잘 챙겨 갈 수 있도록 조금만 신경 써 주세요!"
"예? 예…. 알겠습니다."

어둠이 내려앉은 이 시간에 필통 하나 때문에 한 학부모에게 전화가 왔다. 여선생님은 친절하게 답해 주며 다시 마음의 치유 공간에 몸을 맡겼다. 나는 28개가 놓인 책걸상을 바라보며 한 손으로 머리를 움켜쥐었다.

마음의 치유 공간에서 일어난 여선생님은 형광등을 켜고 내일 수업을 위해 참고서를 편다. 창문으로 얇은 빗줄기들이 그려진다. 참고서 위로 눈물이 뚝뚝 떨어진다. 눈물과 함께 시뻘건 무언가도 함께 떨어진다.

"선생님, 코피 나잖아요! 뭐 하세요?"

여선생님은 시간이 좀 지나서야 자신이 코피를 흘리고 있다는 사실을 인지한다. 코를 휴지로 막은 후에, 계속해서 수업을 위한 연구를 진행한다.

뚝뚝 떨어지는 빗소리가 점점 잦아들며 시공간이 뒤틀린다.

교장 선생님의 목소리가 멀리서 들려온다. 교장 선생님과 여선생님이 마주 앉아 서로를 바라보고 있다.

"선생님, 우성이 어머니가 화가 많이 난 것 같아요."
"교장 선생님, 방법이 없나요? 저 정말 너무 억울해요!"
"우성이 어머니가 더 이상 화내지 않도록 전화를 해서 마음을 달래 주세요!"
"예? 제 마음이 더 다쳤는데…. 그건 힘들 것 같아요."

"제가 지금 선생님과 학교를 위해, 상급자로서 명령하는 거예요."
"예? 교장 선생님…. 아닙니다…. 알겠습니다."

교장 선생님이 여선생님을 바라보며 인상을 찌푸린다. 여선생님이 기댈 곳은 어디에도 없다는 생각이 강하게 든다.

2학년 교실로 돌아온 여선생님이 책상 위에 놓인 쿠키, 박카스를 보며 미소를 짓는다. 모니터 앞에 붙여진 종이 한 장.

힘내요! 요새 많이 힘들어 보여요! 파이팅!
-2학년 선생님들 일동-

'여선생님이 기댈 곳은 어쩌면 가까운 데 있는 것이 아닐까?'

시공간이 변한다.

고요하다. 풀 내음, 개구리 울음소리, 은은하게 어둠을 밝히는 조명, 서로를 바라보며 웃고 있는 커플들, 선선하게 불어오는 바람, 호수 중간에서 빛을 발하고 있는 정자. 여기는 어디지? 여선생님이 혼자서 걸어온다. 나는 여선생님 옆에서 함께 걸었다. 억압받던 공간에서 벗어나 자연이 숨 쉬고 있는 곳에서 마주한 여선생님의 표정은 한결 부드러워 보였다. 여선생님이 걷는 방향을 따라, 선선한 바람이 불어왔고, 마치 위로를 건네는 것같이 들렸다.

"저기, 힘든 게 있으면 여기 올려놔. 내가 갖고 떠날게!"

개구리가 여선생님을 향해 구애라도 하듯이 계속해서 울었다. 달빛이 호수를 비추고 물속에서 자기 실력을 보라는 듯이, 고기들이 물 위를 곡예사처럼 뛰어올랐다. 2인 자전거를 타며 서로를 바라보는 연인들. 호수와 어울리게 다양한 표정을 짓고 있는 조각상들. 이곳의 모든 만물들이 삶에 지쳐 쓰러져 가고 있던 여선생님을 위해 존재하는 것같이 보였다.

고요하다. 여선생님은 벤치에 앉아 선선한 바람을 마주하며 자연의 소리들을 듣는다. 달빛에 비친 물가 위로 빛깔의 알갱이들이 통통 튄다. 여선생님의 마음이 안정되어 가는 것을 느낄 수 있었다.

갑자기 적막을 깨고 휴대폰 벨 소리가 들린다. 발신자 '우성 어머니'. 나는 휴대폰을 뺏어 물속으로 던져 버리려고 노력하지만, 허공만 저을 뿐이었다.

"여보세요! 선생님, 22일인데 입금 왜 안 하셨나요?"

"어머니, 우성이 이제 다 나은 것 같아요. 흉터도 생기지 않았고요."

"그래서요? 왜 그걸 선생님이 판단하나요?"

"제가 사회 초년생이라, 여웃돈이 많지가 않아서요…. 이번 달까지 마지막으로 부쳐 드리면 안 될까요?"

"아니, 선생님! 선생님! 선생님! 제가 만만해 보이죠? 교장 선생님이 뭐라고 안 하시던가요? 교장을 더 쪼아야겠네!"

"이제 그만하시면 안 될까요? 솔직하게 저 너무 힘들어서요…"

"책임 회피하지 마시고, 제가 수업 중에 학교 교실까지 찾아가지 않도록 해 주세요!"

전화를 끊은 여선생님의 동공이 심하게 떨린다. 점점 안정되어 가던 여선생님의 심리 상태가 급격히 불안정해진다. 하늘에서 한 방울씩 빗물이 떨어지더니, 냅다 쏟아진다. 여선생님은 비를 온몸으로 받아 내며, 호수 정중앙에서 빛을 발하고 있는 정자를 힘없이 바라본다. 나는 여선생님 옆에 앉아 함께 비를 맞으며 멍하니 호수를 바라보았다. 어둠 속에서 빛을 발하고 있는 호수 정자와 늦은 밤에 홀로 빛을 발하던 2학년 교실이 흡사하게 느껴졌다. 쏟아지는 빗물에서 빛을 발하던 호수 정자 불빛이 점차 희미해지기 시작한다. 이내 정자의 불빛이 꺼지고 빗소리만이 귀를 자극한다.

빗소리가 점차 잦아들며 시공간이 변화한다. 다음 장면을 마주할 용기가 생기지 않는다.

빗소리가 다시 귀를 자극하기 시작한다. 여선생님은 운동장 벤치에 앉아 학교 건물을 멍하니 바라보고 있다. 벤치 위 지붕으로 떨어지는 빗소리가 제법 크게 들려온다. 어둠 속에서, 2학년 교실 하나가 빛을 발하고 있다. 나는 여선생님 옆에 앉아 학교 건물, 운동장, 비에 젖고 있는 꽃들 등을 바라보았다.

"선생님, 많이 힘든 일들이 있었군요. 너무 가슴이 아파요."
"선생님, 제가 힘이 되어 주지 못해서, 단지 바라보기만 해서 미안해요."
"선생님, 아이들을 생각하며 그 열정을 불사르던 그 모습이… 죄송합니다."

그리고 나는 여선생님의 귀에 닿지 않는 진심이 담긴 말들을 이어 나갔다.

이때 울리는 전화벨 소리. '우성 어머니'. 여선생님은 전화를 받지 않는다. 급격하게 변화했었던 감정이, 평온하게 느껴진다. 여선생님은 비를 맞으며 교실로 향한다. 계속해서 울리는 전화벨 소리. 교실에 들어온 선생님은 마음의 치유 공간에 몸을 맡긴다. 잠깐 멈추었던 전화벨 소리가 또 울린다. '우성 어머니'. 선생님의 표정 변화를 읽을 수가 없다. 매일 흘리던 눈물이 보이지 않는다.

나는 이미 느끼고 있었다. 지금 이 장면이 내게 보일 마지막이라는 것을….

잠시 멈추었던 전화벨 소리가 또 울린다. 마음의 치유 공간에서 선생님은 눕는다. 그리고 주머니에서 하얀 알약들을 한 주먹 꺼낸다. 입에 넣을 찰나에, 여선생님은 자리에서 일어나 뒷문 쪽 게시판으로 향한다. 크게 인쇄된 사진 한 장. 아이들과 선생님이 하트 표시를 하며 웃고 있다. 표정에 변화가 없었던 선생님의 두 눈에서 눈물이 흘러내린다. 눈물을 잔뜩 머금은 두 눈을 감으며 마음의 치유 공간에 눕는다. 한 움큼의 하얀 알약을 입에 집어넣는다.

그리고 시공간이 여선생님과 내가 차를 마시고 있는 모습을 점점 형상화하기 시작한다. 시공간이 변화하는 동안에도, 휴대폰 벨소리가 계속해서 울린다.

내 두 손 사이에 놓인 여선생님의 손을 꽉 잡았다.

"많이 힘드셨죠? 얼마나 무섭고, 두렵고…."

눈물이 앞을 가려 여선생님의 모습이 희미하게 보인다.

"선생님이셨군요. 마음이 너무 아프네요."

여선생님이 나를 바라보며 눈물을 계속해서 흘려보낸다. 울면서 미소 짓고 있는 여선생님의 모습이 나의 마음을 찢어지게 만든다.

"지금 지으시는 표정… 아닙니다."

말을 잇지 못하였다.

"아… 저씨. 이렇게 불러도… 괜찮을까요…?"
"예, 괜찮습니다. 따스한 차를 마시며 이야기 나눠요."
"감사합니다. 너무 따뜻하고 좋아요."

우리는 차를 천천히 마시며, 마음의 안정을 찾아갔다.

"제게 보여 주신 어린 과거 속에서 눈망울에 맺힌 '선생님'이란 글
자를 보았어요."
"어렸을 적부터 제 꿈은 선생님이었어요."
"특별한 이유가 있으신가요? 제게 그 과거는 보이지 않아서…"
"사실… 그 턱 밑이 거뭇하셨던 담임 선생님을 보고 꿈을…"
"아! 과거 속에서 만났던 그분이군요. 좀 깎고 다니시지…. 하하."

여선생님은 나를 바라보며 말을 잇지 못한다. 그저 멍하니 바라
보기만 한다.

"선생님, 교사가 되기까지 노력하신 모습들을 보았어요. 정말 너
무너무 멋있었어요. 꿈을 위해 노력하신 모습, 정말 존경합니다."

"아니에요. 제가 공부를 잘하는 편이 아니라서 다른 친구들보다 더 열심히 노력해야 했어요. 하지만 힘들다는 생각은 안 해 봤어요."

"선생님…."

과거에 여선생님이 고등학생이었을 때, 벽면에 붙여진 글자를 보고 짓던 표정이랑 비슷하다.

"대단합니다! 꿈을 위해 노력하신 모습…. 임용고시 합격 후에 학교 운동장에서 친구들과 이야기 나누는 것을 들었어요."

"그때, 저 정말 행복했었어요! 동기들하고 밤을 새우며 과제 하고, 그룹 스터디도 하고…. 공부한 친구들 모두 합격했었거든요!"

"와, 정말 대단하신데요! 그 어려운 임용고시를…."

"학교 운동장에서 시원한 맥주 마시며 친구들과 이야기 나눴던 그 시간이 너무 그리워요."

여선생님의 표정이 조금씩 변화한다. 느끼는 감정에 따라 그대로 표출하려는 모습이 보인다. 우리는 찻잔을 들고 따스한 차를 한 모금 마셨다. 눈가에서 멈추지 않던 눈물은 멈추고, 행복했던 기억을 떠올리며 미소를 지었다.

"친구들과 이야기 나누는 것을 엿들었는데, 온통 아이들 얘기밖에 안 하시더라고요!"

"예, 맞아요! 곧 교사가 된다고 생각하니 너무 설레서…"

"아이들 얘기만 하면 재미있나요?"

"그냥, 뭐, 하하. 친구들하고 만나서 아이들 얘기 나누면 시간이 금방 지나가요."

"그렇군요. 뭐랄까? 하하, 그냥, 대단하시네요."

따스한 차를 마시며, 아이들 관련 이야기를 나누는 동안에 여선생님의 심리 상태가 평온해지는 것을 느꼈다. 이 평온한 상태에서 여선생님을 보내 드려야 될까?

아니다. 여선생님의 아픔을 진정으로 공감하고 위로해 주는 것이 나의 존재 이유가 아닌가? 그러한 정의를 누가 내렸지? 내가 공감하고 위로해 준다고 지금 달라질 것이 있나? 갑자기 머릿속이 또 복잡해진다.

"아저씨…? 다 느껴져요. 왜 힘들어하셔요?"

"아이고, 하하, 죄송합니다."

나는 마음을 다잡고 이야기를 계속해서 이어 나갔다.

"선생님 첫 출근 하실 때 같이 따라 들어갔었어요."

"저, 그때 정말 설레서… 2시간밖에 못 잤었어요."

"그래도 행복하셨죠?"

"예! 아이들 만난다는 생각에 너무…. 하하."

"아이들과의 첫 만남 어떠셨어요?"

"아이들이 저를 보고 더 긴장하더라고요! 하하. 그래서 오히려 제가 더 담담한 척을 했어요. 귀여운 녀석들."

"선생님, 그거 아세요?"

"예? 뭘 말씀하시는건지…?"

"좀 전부터 계속 미소 짓고 계셔요."

"저, 들어올 때부터 웃고 있었는데요!"

"선생님, 이곳은 서로의 감정선들이 서로 연결되어 있어요."

"신기하군요. 하하, 저도 모르게…."

"아뇨, 지금 모습 너무 보기 좋아요. 이렇게 아이들하고 함께 있으실 때 많이 웃게 해 드려야 했는데…. 아쉽네요."

아이들과 함께 웃고 떠들며 즐겁게 교육 활동을 하시고 계셨어야 할 분을 왜 이곳으로 오게 만들었을까? 아이들에게 있어서 정말 필요한 분인데, 너무나 아쉽게 다가온다.

나는 찻잔을 들었다가 다시 내려놓았다. 미지근해진 물의 온도가, 여선생님과의 대화 시간이 많이 지났음을 가리키고 있었다.

마음을 가다듬고 계속해서 대화를 이어 나갔다.

"선생님, 음… 음…."

"괜찮아요. 이미 아저씨의 마음이 느껴지는데요."

"그렇군요. 그럼 학부모님과 통화 말인데요…."

"예, 솔직하게 너무 힘들었어요."

"너무 심하신 거 아닌가요? 비속어까지 사용하고."

"저를 격려해 주신 학부모님들도 많았어요! 너무 감사하죠."

"몇몇 학부모님들이 힘들게 하신 거군요."

"예. 이해를 하고 또 하려고 해도 너무 힘들었어요."

"저는 과거 속에서 본 28개의 책걸상이 너무 답답하게 다가왔어요. 저 아이들 앉은 의자 뒤로 학부모님들이 서서 지켜보고 있다고 생각하니…."

"하하, 그렇게 느끼셨군요. 저는 그렇게까지는 생각 안 해 봤네요."

"만약에 학부모님들이 자기 아이만 바라본다면, 과연 이 좁은 교실에서 아이들의 건강한 교육 활동이 이뤄질까요? 그게 문제처럼 보였어요."

"와! 제 과거 속에서 많은 것을 보고 느끼셨네요."

나는 여선생님의 과거 속에서 어떤 원인이 시발점이 되어 비극을 초래하게 되었는지 그 부분을 유심히 살폈다. 과거 교실 속에서 느껴지던 아이들의 감정선들. 관계. 좁은 공간에서 서로 복잡하게 얽혀 있었다. 친구 사이에 꼬인 관계들이 스스로 노력하여 풀리는 모습도 보였고, 스스로 풀기에 복잡하고 단단하게 맺힌 관계는 여선생님이 나서서 도움을 주었다.

하지만 교실 외적 요인이 강하게 작용할 때, 작은 교실에서 얽히고 얽힌 관계 선들이 더욱더 복잡하고 단단하게 조여지는 것을 느꼈다. 선생님과 아이들이 이 얽힌 관계들을 풀기에는, 그 선이 너무나 복잡하고 단단했다. 나를 마주하고 있는 여선생님이 노력하여 얽힌 선들을 풀려고 하였지만, 그 선들이 결국 여선생님이 숨을 쉴 수 없도록 조여 온 것처럼 보인다. 아쉽고 슬프다.

"선생님, 저 궁금한 것이 하나 있어요."

"예?"

"선생님이 우산을 쓰고 작은 연못의 금붕어들을 볼 때, 저도 옆에서 같이 있었습니다. 많은 생각이 들더군요. 혹시 어떤 생각을 하셨는지 말해 주실 수 있나요?"

"아, 보셨군요, 제가 그 연못에서 금붕어를 한참 동안 바라보고 있는 것을…. 금붕어가 불쌍하다는 생각이 들었어요."

"왜 불쌍하다는 생각을 하셨어요?"

"제가 출근할 때마다 봤었거든요. 주무관님이 먹이를 줄 때마다 금붕어들이 입을 뻐끔뻐끔. 자유롭게 옆 친구들과 헤엄치는 모습. 행복해 보였었어요."

"그런데 왜 갑자기?"

"우리 반 우성이가 쉬는 시간마다 금붕어를 많이 괴롭혔었어요. 돌도 던지고, 먹이로 종이를 작게 구겨서 넣고…. 금붕어들이 불쌍하다는 생각이 들었어요. 좁은 연못에서 벗어날 수 없는 고통을 계속해서 받겠구나."

"우성이… 제지할 방법은 없었나요?"

"저는 솔직하게 겁이 났어요."

여선생님의 눈동자가 심하게 떨리기 시작한다.

"충분히 이해합니다, 선생님의 마음을…"

"어느 날, 금붕어 한 마리가 죽어서 물 위를 둥둥 떠다니는 것을 보았어요. 그리고 주무관님이 그 금붕어를 건져서 땅에 묻어 주셨어요."

"결국에는 금붕어가 죽었군요."

"그런데… 그런데… 그 좁은 연못을 못 벗어날 것 같았던 금붕어가… 죽어서 그곳을…"

"죽어서 그곳을 벗어나게 된 것이군요, 그 금붕어…"

"아저씨, 그 금붕어가 그곳을 벗어나게 된 것은 잘된 일이 아닌가요?"

"잘된 일이라? 음… 슬픈 일이죠."

"슬프다고 말해야 하나요? 금붕어의 잘못이 큰 건가?"

"그렇다고도 생각하지 않아요. 금붕어가 큰 고통을 받을 동안 많은 사람들이 방관만 하고 있었네요. 보호받아야 할 작은 생명체가 날아오는 작은 돌들을 피해 다니며, 살기 위해 몸부림치고 있는데… 아마도 알아서 돌들을 잘 피할 거라 생각했겠죠?"

"아저씨, 그 금붕어들은 열심히 그 돌들을 피하려고 노력하다가

결국에는 포기하겠죠? 영원히 피할 수는 없으니…."

　여선생님의 눈망울이 너무 슬퍼 보인다. 선생님이 되기 위해 열정을 불사르며 노력하던 모습과 대조를 이룬다. 마음이 아프다.

"그 금붕어가 연못에서 잘 지낼 수 있도록 울타리를 쳐 주었어야 했는데…."
"울타리도 이미 쳐져 있었는데요."
"하하, 제가 말한 울타리는 그 울타리가 아니고…."
"아! 그렇군요."

　여선생님과 나는 찻잔을 들고 미지근해진 차를 마셨다. 둘 사이에 피어오르던 수증기가 옅어졌다. 나는 계속해서 말을 이어 나갔다.

"선생님을 위한 울타리가 필요해 보였는데… 전혀 보이지 않았어요."
"날아오는 돌멩이를 알아서 피해야 하는… 금붕어와 비슷하지 않았을까요?"
"아, 분명 돌멩이를 막아 주어야 할 분들이, 두 손 놓고 구경만 하고 있으니…."
"아저씨도 보셨죠? 저 그때 너무 실망을 했었어요."
"예, 그때 저도 옆에 있었는걸요. 돌멩이를 피하기 위해선 더 빨리 움직여야 한다고 조언하시던…."

"빨리 움직이지 못한 제 탓이 크죠."

"선생님은 아이들과 함께 호흡을 맞추며 자연스럽게, 행복하게
교육 활동을 하셨었는데…. 날아오는 돌멩이들을 막아 주지 못해
서… 안타까워요."

여선생님의 눈가에 눈물이 고인다.

'아이들을 사랑하고 교육에 대한 열정이 가득한 이 여린 선생님
이, 오로지 교육 활동에만 전념할 수 있었다면 얼마나 좋았을까?'

이 여선생님이 나를 마주하기에는 너무 이른 시기였다.

"선생님, 과거에서 봤었던 그 호수는 어디인가요?"

"경포 호수 말씀하시는 거군요!"

"요동치는 선생님의 감정이, 잔잔한 호수처럼 평온해지는 것을 느
꼈어요."

"맞아요. 어렸을 적, 부모님과 갔었던 기억이 있어요. 너무 답답
한 마음에 떠난 여행이었죠."

"잘하셨어요! 선생님의 표정이 자연스럽게 변화하는 것을 보
았어요."

"나를 위로해 주는 곳이었어요. 지금 이 공간처럼…."

"아! 하하, 휴대폰을 잠시 꺼 놨더라면 좋았을 텐데…"
"그러게요. 하지만… 아닙니다."

여선생님의 눈물 자국이 선명하게 보인다. 둘 사이에 피어오르던 수증기가 보이지 않는다. 보내 드려야 할 시간이 다가왔다. 이미 여선생님도 작별의 시간이 다가왔음을 느끼고 있었다.

"아저씨, 저는 이제 끝인 건가요? 저 문을 나서면?"
"저 문을 나선 후에는… 솔직히 저도 잘 모르겠습니다."
"그렇군요. 그래도 아저씨가 제 이야기를 들어 주시고 공감해 주셔서 마음이 좀 편안해졌어요! 감사합니다."
"아뇨, 저는 이야기를 나누면 나눌수록 너무 안타깝다는 생각이 들어요. 아이들에게 너무나…. 아, 죄송합니다."
"아저씨, 사실 아이들이 너무 보고 싶어요. 저를 기다리고 있을 텐데…"

여선생님의 슬픈 감정이 나에게 그대로 전달된다. 밖에서는 얇은 빗줄기들이 창문을 타고 흘러내린다.

"마음이 너무 아프네요. 좋은 선생님이셨는데…"
"아저씨, 저에게 다음이란 있을까요? 아이들을 만날… 아닙니다."
"저에게 지금 한 가지 소원이 있어요. 선생님과 경포 호수에 있는 그 벤치에 함께 앉아 빛을 발하던 정자를 바라보는 것. 그리고 지금처럼 따스한 차를 마시며 허심탄회하게 이야기 나누는 것. 휴대폰은 호수 속에 던져 버리고…."

"그랬더라면 제 상황이 달라졌을까요? 궁금하기는 하네요."

여선생님이 미소를 짓는다.

"아저씨, 이제 저 갈 시간인 거 맞죠?"

나는 애써 미소를 지으며 고개를 끄덕였다. 예의 바른 여선생님은 자리에서 일어나 식탁 위 찻잔을 정리한다.

"아저씨, 사실 저, 많이 외로웠어요."

그리고 뼈아픈 말을 남긴다.

"많이 외로웠을 것 같아요. 밤늦게 홀로 켜져 있던 교실, 그리고 어둠이 내려앉은 경포호수 정중앙에서 홀로 빛을 발하던 정자. 그것을 바라보는 선생님의 눈빛을 저는 보았거든요."
"맞아요. 저는 항상 혼자였어요."
"동료 교사들이 그래도 많이 걱정해 주지 않았나요?"
"너무 좋으신 분들이었는데, 폐를 끼치긴 싫었어요. 그리고 내가 해결을…"

"그렇군요. 그래서 더욱더 움츠리려고 했던 거군요."

여선생님이 문 앞에서 나에게 마지막 미소를 내 보인다. 투명했던 문이 연한 초록 색깔로 점점 물들어 간다.

"아저씨, 그거 아세요? 아저씨가 아니라 선생님이란 단어가 더 잘 어울리세요! 선생님. 하하."

여선생님이 나를 향해 마지막 인사를 건넨다. 외로웠다는 말과 감정이 나에게 그대로 전해진다. 눈물을 머금으며 웃고 있는 여선생님. 마음이 너무 아프다.

"감사했어요. 저는 이만…"

"잠시만요! 잠시만…"

늦은 밤에 홀로 빛나던 교실. 그 교실을 바라보던 선생님의 아련한 눈빛이 계속해서 마음에 걸린다. 분명 저 문을 지나면 홀로 빛나던 교실처럼 많이 외로울 것이다. 손잡이를 잡고 있는 여선생님의 손등에 내 오른손을 올려놓았다. 마주 보며, 우리는 눈물을 흘리며 미소 지었다.

초록 빛깔의 문을 열었을 때, 여선생님과 나는 놀란 나머지 한 동안 말을 잇지 못했다. 여선생님의 두 눈에서는 굵은 눈물이 흘러 내리고, 입술은 덜덜 떨리기 시작했다.

끝없이 줄지어 서 있는 근조 화환. 여선생님을 향한 전국 동료 교사들의 위로, 추모의 메시지가 끝없이 펼쳐져 있었다.

"선생님, 선생님은 혼자가 아니었네요."

여선생님은 나에게 고개를 살며시 숙인 후, 걸어 나간다. 끝없이 펼쳐진 추모의 메시지를 하나하나 읽으며 눈물을 흘린다.

초록 빛깔의 문이 점점 투명한 색으로 변해 간다. 나는 문이 투명한 색으로 완전히 바뀔 때까지, 그 자리에 서서 여선생님을 멍하니 바라보았다.

"미안해요, 지켜 드리지 못해서…"

투명한 문이 닫히고, 나는 마지막 찻잔을 정리하였다.
여느 때와 마찬가지로 집을 둘러싼 자연은 나를 위로하기 위해 변화하기 시작했다.

휘이이이익. 바람이 창문을 계속해서 두드린다. 여선생님을 만나기 전에 보았던 꽃잎이 걱정되었다. 바람에 휘날리며 간신히 버텨 내고 있었다. 나는 꽃잎이 떨어지는 것을 막기 위해 테이프랑 끈을 들었다. 옅은 미소를 지으며 다시 테이프랑 끈을 내려놓았다.

밖으로 나가 바람을 양팔을 벌려 막아 내었다. 흔들리던 꽃잎은 안정을 취하고 햇빛을 받으며 방긋 웃고 있었다.

바람이 잦아들고 나는 집 안으로 들어가 창문을 통해 꽃잎을 바라보았다. 선선하게 부는 바람에 꽃잎이 나를 보며 인사한다. 나도 그 꽃잎을 향해 손을 흔들어 주었다.

'네가 떨어지기에는 너무 일러. 내가 널 지켜 줄게!'

6장

수상한 방문자

따스한 바람이 창문 틈을 넘어 나의 피부 속에 녹아든다. 기지개를 켜고 바람에 산들거리는 꽃들을 바라보며 하품을 하였다. 따스한 차를 마시며, 자연이 만들어 내는 한폭의 그림과 연주를 감상했다.

자신의 생을 스스로 마감한 사람들을 만나며, 나는 위로와 공감을 해 주었다. 나를 둘러싼 자연이 나를 위해 움직인다는 것은, 나 또한 위로받을 존재란 것인가?

나는 큰 아픔을 간직하고 있는 것일까? 머리가 아파 온다.

똑똑! 똑똑!

문을 두드리는 소리가 들린다. 나를 만나기 위해 오는 사람들의 인기척을 나는 사전에 느낄 수 있었다. 하지만 지금 나는 어떠한 느낌도 받지 못했다. 누군가 다가왔을 때에 변화하던 자연의 모습도 보이지 않았다. 누굴까?

"들어갑니다!"

갓을 쓴 한 노인이 미소를 지으며 들어온다.

"잠시만요! 제가 금방 차를 준비하도록 하겠습니다."
"아, 천천히 하세요."

자신이 쓴 갓을 식탁 위에 올려놓고 나를 뚫어지게 쳐다보고 있다. 나는 마지막 찻잔을 준비하고 물을 끓였다. 나를 찾아오던 사람들의 감정선들은 나와 긴밀하게 연결되어 있었다. 하지만 나는 전혀 느낄 수가 없었다.

"따뜻한 차를 마시면 마음이 안정되실 거예요."
"고마워요."

턱수염이 기다란 노인은 천천히 차를 마신다. 그리고 나를 뚫어지게 다시 쳐다본다.

"제 얼굴에 뭐가 묻었나요?"
"아니에요, 하하. 차가 너무 따뜻하고 좋네요."

노인의 심리 상태가 전혀 느껴지지 않는다. 오히려 노인이 나의 감정들을 면밀하게 살피는 것같이 느껴진다. 이 사람은 도대체 누구지?

"어떠한 아픔을 갖고 여기에 오셨는지… 말해 주실 수 있나요?"
"지금, 그냥, 마음이 너무 아프네요."
"어떤 일들을 겪으셨는지…"
"많은 일들이 있었죠, 하하. 그리고…"

노인이 말을 이어 가다가 멈춘다. 나를 다시 뚫어지게 쳐다본다. 분명 이 노인은 내 마음을 환하게 들여다보고 있다.

"누구신가요, 당신은? 아니, 어르신?"
"하하, 저 기억 안 나시나요?"
"모르겠어요. 잠깐… 모르겠어요."
"많은 사람들의 감정 속에서 파묻혀 살다 보니… 자아를 잃어버렸군요."
"무슨 말씀이신지요?"
"저는 그게 너무 슬픕니다."
"예? 도무지 이해가…"

노인은 찻잔을 들어 차를 마시기 시작한다. 나의 놀란 감정을 진정시키라는 듯이, 차를 마시라고 권한다.

"선생님, 이 갓이 보이시나요?"
"예, 보이죠. 그게 왜…?"
"선생님께서 촌스럽다고, 다른 모자 쓰고 다니라고…"
"그 모자가 왜? 잠깐…."

나는 노인의 갓 위로 나의 오른손을 올려놓았다. 찢어질 듯한 고통이 온몸을 마구 쑤신다. 견디지 못하고 갓에서 손을 바로 떼어 냈다. 분명 예전에 마주한 사람이었다. 그리고 나의 입술이 파르르 떨리며, 나는 눈물을 마구 쏟아 내었다.

"선화야!"

갑작스럽게 한 이름을 외쳤다. 누굴까? 이름만 불러도 가슴이 찢어질 듯한 고통을 주는…. 노인은 나를 바라보며 천천히 차를 마신다.

"음… 마음을 진정시켜 주는 데는 차가 최고지!"
"저는 도대체 누구인가요? 왜 지금 여기에 있는 것이죠?"
"정말 알고 싶나요? 궁금한가요?"
"제 자신이 누구인지 잘 모르겠어요."

"자신과 마주할 용기가 생기셨나요?"

"무슨 말씀이신지…"

"방금 잠깐 느껴 보시지 않았나요? 그 고통을…"

"제가 용기가 없다고 생각하시나요?"

노인은 자신의 턱수염을 어루만지며 잠시 고민을 한다. 그리고 말을 이어 간다.

"선생님, 혹시 방에 거울이 없는 이유를 아시나요?"

"그건 원래부터 없었으니까…"

"밖에 흐르는 시냇물 위로 선생님의 얼굴을 비춰 본 적이 있나요?"

"아뇨, 따로 본 적은 없어요."

"이상하지 않나요? 이 공간, 선생님을 위로하기 위하여 변화하는…"

"어떻게 아셨어요? 그 비밀을…"

"선생님, 제가 들어온 저 문 밖으로 멀리 걸어 나간 적이 있으신가요?"

"아뇨, 저는 저를 찾는 누군가를 기다려야 하니까요."

"아직 그 누군가가 오지 않았나 보군요. 차가 아직 반이나 남았지만, 저는 할 일이 있어서 가 봐야 할 것 같아요."

"어디로 가신다는 말씀이신가요?"

"왔던 문으로 다시 나가렵니다."

"그럼 저는 어떡하나요? 계속 이대로…"

노인은 자리에서 일어나 갓을 고쳐 쓴다. 그리고 나를 무섭게 바라본다.

"정말 마주할 자신이 있으세요?"

나는 고개를 끄덕이며, 나의 존재를 꼭 확인해 보겠다는 의지를 내비쳤다.

노인은 다시 자리 앉아 나를 바라보며 미소를 짓는다. 그리고 두 손을 나에게 내밀었다. 나는 그 두 손 사이로 나의 오른손을 집어넣기 위해 천천히 다가갔다.

손과 발이 심하게 떨리며 두 눈에서 눈물이 흘러내린다. 이미 나의 몸은 그 아픔을 기억하는 듯 보였다.

노인과 나의 마지막 찻잔 사이로 피어오르는 수증기를 마주하며, 두 눈을 질끈 감고 손을 앞으로 내밀었다. 노인은 천천히 다가오는 나의 오른손을 잡기 위해 손을 뻗지 않았다. 기다리고 또 기다려 주었다.

나의 오른손은 천천히 노인의 두 손 위로 향하였다.

살이 베는 끔찍한 고통이 도사리고 있는, 알 수 없는 그 기억을 향하여….